少年陰陽師

しょうねん おんみょうじ

少年陰陽師 貳拾捌

眞心之願

祈りの糸をより結べ

結城光流—著　涂愫芸—譯

重要人物介紹

藤原彰子

左大臣藤原道長家的大千金，擁有強大靈力。基於某些因素，半永久性地寄住在安倍家。

小怪

昌浩的最好搭檔，長相可愛，嘴巴卻很毒，態度也很高傲，面臨危機時便會展露出神將本色。

安倍昌浩

十四歲的菜鳥陰陽師，父親是安倍吉昌，母親是露樹，最討厭的話是「那個晴明的孫子」。

六合

十二神將之一的木將，個性沉默寡言。

紅蓮

十二神將的火將騰蛇，化身成小怪跟著昌浩。

爺爺(安倍晴明)

大陰陽師。會用離魂術回到二十多歲的模樣。

朱雀

十二神將之一的火將，使的是柔和的火焰。與天一是戀人。

天一

十二神將之一的土將，是絕世美女，朱雀暱稱她「天貴」。

勾陣

十二神將之一的土將，通天力量僅次於紅蓮，也是個兇將。

太陰

十二神將之一的風將，擅使龍捲風，個性和嘴巴都很好強。

玄武

十二神將之一的水將，個性沉著、冷靜，聲音高亢，外型像小孩子。

青龍

十二神將之一的木將，從很久以前就敵視紅蓮。他有另一個名字「宵藍」。

太裳

十二神將之一的土將，說話沉穩，氣質柔和。較少出現在人界。

白虎

十二神將之一的風將，外表精悍。很會教訓人，太陰最怕他。

風音

道反大神的愛女。以前她曾想殺了晴明，現在則竭盡全力幫助昌浩。

安倍昌親

昌浩的二哥，是陰陽寮的天文生。個性溫和，待人也很溫柔。

安倍成親

昌浩的大哥，陰陽寮的曆博士，有位人稱「竹取公主」的美麗妻子。

天空

十二神將之一的土將，是十二神將的首領，雖然眼盲，但內心澄明。

好痛。
好熱。
好難過。

啊，好痛，痛得受不了。
好熱，熱得像被火灼燒。
好難過，這樣下去我不知道我會怎麼樣。

這一切都要怪他們。
是他們不好。
是他們的錯。

折磨他們、凌虐他們，有什麼不對？

1

平息一段時間後，昨晚又颳起了強風。

轟轟呼嘯的狂風，讓人有點擔心屋頂會不會被吹走。

不過，就算全京城的屋頂都被吹走了，這棟房子應該也不會有事。因為有特別的結界，還有牢不可破的守護。

半睡半醒想著這些事的昌浩，額頭突然被槍尖般銳利的東西刺中。

「好痛！」

他反射性地慘叫著跳起來。

被刺的位置在眉間的稍微上方。昌浩兩手按住那裡，轉頭一看，叉開兩腳站立的烏鴉正生氣地挑高眉毛瞪著他。

說句題外話，即使是烏鴉，生氣的時候也會吊起眼角，表情兇悍。

尤其是這隻烏鴉，很少會給人家好臉色看。

實在很難想像，這隻烏鴉有沒有過垂下眼角的開心模樣。

兩腳叉開站立的烏鴉伸出一隻翅膀說：

「安倍家的小孩，你什麼時候才要寫信？」

「你剛才是不是用嘴巴刺我？」

「我沒刺你，我只是戳你。」

不，那種力道、那種疼痛程度，再怎麼想都不是戳戳而已。

眉間或許不是烏鴉的要害，卻是人類的要害。所謂要害，簡單來說，就是「嚴重時很可能被送去那條河對岸」的部位。除了眉間、喉嚨和心臟外，應該還有其他好幾個部位，他一時只能想到這三個。

昌浩把嘴巴撇成ㄟ字形。

這隻烏鴉恐怕知道那是人類的要害，才故意攻擊靠近的地方吧？

沒想到它氣成這樣。

「我說，嵬……」昌浩深深嘆口氣，盤腿而坐。「你何不先回伊勢呢？」

烏鴉的身子突然鼓脹起來，全身羽毛倒豎。

昌浩立刻擺出防禦架式。這隻烏鴉的速度很快，昌浩覺得它這次說不定會真的直攻眉間。

無言的烏鴉氣得全身直打哆嗦，過了好一會才張開鳥嘴說：

「……你說什麼……！」

嵬誇大地張開翅膀，低聲嘶吼。

「你是要我這個討厭謊言、擁有崇高自尊的道反大神眷族的守護妖，做出有負我家公主所託的事嗎……?!」

「沒有，我沒那種意思……」

「哼，住口、住口！我不想聽你說！你要明白我等你等到現在的苦心嘛！」

昌浩無言以對。

苦心？這隻烏鴉幾時對自己表現過這種東西？

或者只是自己沒察覺而已，其實嵬把很多想說的話都壓下來了？不、不可能，它向來想說什麼就說什麼，從來不掩飾。這樣也好，表裡一致。不過，原來這隻烏鴉也自認為付出過苦心？

昌浩猛抓著頭。

回想它這幾天的嘮叨……不對，是精闢的建言。

漆黑的烏鴉還在昌浩眼前，時而憤怒、時而悲傷、時而嘆氣，滔滔不絕地說個不停。真不敢相信，它為什麼可以說得這麼流暢？所謂「口若懸河」大概就像這樣吧！昌浩不禁感嘆，「百聞不如一見」這句話說得真好。

「你要知道，保護無人可取代的高貴公主是我的使命！現在我卻拋下公主，千里迢

迢地飛到京城，你難道忘了是什麼原因嗎？啊，當我待在這裡時，萬一公主遇到什麼危險……」

嵬顫抖著小小的身軀，急得說不出話來。

昌浩說：「有六合在，不會有事吧？」

烏鴉立刻喀喀踩響地板，直直逼向昌浩。

「你憑什麼保證那傢伙真的、真的可以保護公主？」

烏嘴逼近眉間，嚇得昌浩趕緊往後退。

「六合應該會隨時為風音挺身而出，我不知道這算不算保證。」

不，以過去的例子來看，不只會挺身而出，還會連命都不要。

嵬怒目而視。

「應該會？」

「啊，不，根據大家的說法，可以說絕對會……吧……」

「吧？」

烏鴉步步進逼。

昌浩四下張望，看有沒有東西可以轉移嵬的注意力。

視野角落出現一張矮桌。

昌浩赫然想起一件事。

「啊，對了，我昨天晚上努力寫完了回信。」

「什麼？」

嵬轉過頭看。

矮桌上果然有張紙，上面排列著什麼文字。那是昌浩昨晚處理完所有雜事後，好不容易寫完的信。

嵬高高吊起的眼角稍微垂下來了一點。

「哦，幹得好，安倍昌浩，我總算可以抬頭挺胸地回去了。」

心情好轉的烏鴉喀喀走向矮桌，飛到桌上。

「啊，我才不會無聊到偷看你的信呢！來，安倍昌浩，快替我準備好。」

烏鴉轉過身背對昌浩，要昌浩把信包在油紙裡，綁在它背上。

可能是考慮到風雨吧，烏鴉第一次從伊勢送信來時，信就是這樣的處理方式，所以昌浩回信時也會比照辦理。

「嗯，等我一下。」

「快點嘛！我分秒必爭。」

嵬的聲音聽起來有點激動。

昌浩苦笑起來。因為種種原因，讓它等了很久，也難怪它會生氣。可是，昌浩也有他的苦衷。處理中的問題停滯不前，在解決之前，他實在沒有心情寫信。

但是，真的讓烏鴉等太久了，所以昨晚昌浩迫不得已提起筆來寫信，內容不外乎近況報告以及無關痛癢的話題，當然也沒忘記為遲來的回信道歉。

至於眼前的問題，昌浩還不能提。

他小心地把信摺起來，用另一張紙包住，寫上收信人的名字。

每次寫「藤花小姐」時，他都有種奇妙的感覺，好像是寫給別人的信。儘可能不寫真名，是為了預防萬一。

最近，昌浩都拿十多天前收到的書當範本，每天寫十張紙練字。雖然還沒看到成果，但最重要的是持續下去。

「很好。」

他伸起一隻腳，想在收信人名字的墨水乾掉之前，先去拿油紙。

就在這時候——

空氣劇烈地扭曲變形。有某種強大的力量逼近。昌浩還來不及弄清楚真相，身體已經先採取了行動。

他抓起矮桌上的嵬，迅速向後退。

這時候，一團重重的東西從板窗破窗而入。窗子發出啪哩啪哩的可怕聲響，破成兩半掉下來，碎片四散的衝擊力道推倒了燈台、屏風，堆積如山的書本也被吹得七零八落。

把烏鴉抱在懷裡趴下來的昌浩，背上都是啪啦啪啦掉落的木屑。

衝進來的那團東西迅速地站了起來。

昌浩的心跳撲通撲通加速。

安倍家四周都有大陰陽師安倍晴明佈下的強韌結界，居然會被突破入侵。

緩緩冒出的是驚人妖力，昌浩萬萬沒想到會陷入這樣的困境。

他全身緊繃，小心翼翼地抬起頭。

「——」

兩眼發直的他慢慢爬起來，用難得的低嗓音說：

「不管是什麼事，先道歉再說。」

他的肩膀顫抖得很厲害。被他抓住的嵬受到衝擊時昏倒了一會，正好在這時候醒過來。

「唔……發生了什麼事……啊，是你們！」

踩在毀壞板窗上的是天狗。

雖然是陌生面孔，但從它散發出來的感覺，可以知道它沒有敵意。

天狗的身高幾乎頂到屋樑，非常魁梧。在昌浩認識的人當中，最高大壯碩的是神將白虎。這個天狗的塊頭更大，像個巨人，戴著伎樂①般的面具，身上穿的是熟識的白布衣，背上有翅膀。

忽然，昌浩覺得不對勁，眼前的高大天狗，左邊袖子不自然地下垂。

啊，原來肩膀以下是空的，只有一隻手。

昌浩沒見過這個天狗，但知道它來自哪裡。

它是住在愛宕山的天狗族之一。

為什麼知道？因為看到天狗扛在右肩上的嬌小身影。

昌浩皺起了眉頭。

「喂，颯峰，你隨便闖入我家，還破壞了板窗，你是想怎麼樣？」

很少聽到昌浩說話這麼兇，但是這也無可厚非，因為對方非法入侵又破壞了窗戶，不生氣才奇怪。

昌浩氣沖沖地環視室內，一想到整理起來不知道有多累，不小心就把手上的寬掉到了地上。

真是前所未有的慘狀，損毀的板窗碎片散落屋內，把燈台、屏風和矮桌都埋在底下。

昌浩把眼睛張大到不能再大，深深吸口氣，放聲大叫：

「哇啊啊啊啊啊！」

先是突如其來的震動與轟隆噪音，接著又響起叫喊聲。

每天早上都會先確認黃曆的安倍吉昌，一聽到聲音馬上跳起來，跟正在準備早餐的妻子露樹一起衝向小兒子的房間。

「昌浩，怎麼了？」

兩人拉開木門，頓時完全楞住了。

板窗被破壞，房間裡到處都是碎片，十四歲的兒子手忙腳亂地在挖掘著什麼。

他旁邊不知道為什麼有隻烏鴉，但這不重要。

「哎呀！這是怎麼回事……」

驚慌的露樹沒有靈視能力，搞不清楚狀況，但吉昌是安倍晴明的次子，也是陰陽寮的天文博士，清楚看見了高高佇立的巨大天狗。

「……！」

天狗為什麼會來家裡呢？這還是他第一次見到天狗。

才剛這麼想，吉昌立刻甩了甩頭。

問「為什麼」太愚蠢了。他這個小兒子，跟他父親一樣，最擅長秘密行動。上個月還發生過深深困擾京城人們的強風事件，廣澤池一帶甚至落下超強的特級雷電，那顯然不是雷神心血來潮現身，而是有人召喚。

吉昌嘆口氣，拍拍妻子的肩膀說：

「露樹，這裡沒事，妳去準備早餐吧！」

「咦，是嗎？這是……」

「這就是那個嘛，從以前就偶爾會發生。」

露樹眨眨眼睛，啪地拍手說：

「啊，是，我知道了，那就拜託你了。」

恍然大悟的露樹乖乖回廚房去了

她才剛離開，一個白色影子就從庭院衝了進來。

「怎麼了?!」

進來的是隻白色怪物，身體約像大貓或小狗，有純白色的毛、長長的耳朵和尾巴，脖子周圍有一圈勾玉般的凸起，額頭上有花朵般的紅色圖案，四肢前端都長著黑色爪子。

「哇！天狗來做什麼？」

齜牙咧嘴瞪著天狗的那雙眼睛像血般鮮紅，但是，昌浩把這雙眼睛比喻成燃燒的紅色夕陽，還替這個白色異形取名為「小怪」。

巨大的天狗回頭看小怪，滿臉疑惑。

「哦呀？」

「哦呀？咦？喂，你是颯峰吧？」

小怪不確定地問，那個動也不動的嬌小天狗垂落的雙手才搖晃起來。

「……這裡是……」

慢慢抬起頭的天狗逐漸搞清楚狀況後，應該是臉色鐵青。小怪是從它的說話語氣這麼猜測的，因為它戴著遮住上半部臉的面具，看不見表情和臉色。

驚慌失措地從巨大天狗手上掙脫出來的颯峰，一轉頭就看到趴在地上的昌浩。

「昌、昌浩！對不起，我阻止過它，可是它無論如何都要來找你……」

昌浩把四分五裂的書法用品、卷軸等扔在一旁，從底下挖出幾本書，抱著書癱倒在地上。

「太好了，沒怎樣……」

多少有些灰塵，但沒有摺痕或破損。

精神一鬆懈，眼角就熱了起來。

「啊，糟糕，我快哭了。真的太好了，如果書破了，我不知道怎麼向爺爺交代。」
昌浩一次又一次地檢查挖出來的書，確定沒有太嚴重的破損。
安倍家有很多珍貴的書籍。晴明從年輕時候就收藏的文獻、書卷，不只陰陽道，還包括記紀、地理、天竺經文、拜火教與景教等相關書籍，種類繁多。因為很久以前就廢止了遣唐使，所以大多都是目前很難取得的書本。
晴明不在家，是昌浩私自把書拿出來看的，萬一有怎麼樣就糟了。
還有，跟那些書一樣……不，是最重要的，就是昌浩挖出來的第一本書。
那是右大弁藤原行成親手抄寫的《萬葉集》。篇數雖然不完整，卻是行成特地為昌浩抄寫的。行成的字真的是雄勁有力、優雅又流暢華麗。現在昌浩正拿這本書當範本，努力學寫字。
鬆口氣後，昌浩總算有點心情去注意其他事，這才發現……
「啊——」
有封信像替這些書受罪似的，被撕得破破爛爛，慘不忍睹。
那就是昨晚昌浩絞盡腦汁寫出來的信。
看著這一連串經過的嵬，對拿著信、完全說不出話來的昌浩，輕柔地說：
「安、安倍昌浩，你何不這麼想呢？這是一封不該送出去的信。對、就是這樣，一定是這樣。因為不該送出去，所以某地方的神為了阻止你，才促使這種事發生。這樣想，是不是就好多了？」

「……」

小怪有點感動。

那個寃居然會安慰昌浩。

「嗯……可能是吧，應該是吧。」

昨晚昌浩花了一整晚的時間，才在痛苦呻吟中寫出了這封信。在一旁看著的小怪勸他說，時間差不多了，要不要明天再寫？但他還是硬撐著寫到最後。就是因為知道昌浩寫得有多辛苦，小怪更不知道要跟他說什麼。

看到嘴巴很少說得出好話的烏鴉焦急地拚命安慰昌浩，不知該說什麼的小怪就交給烏鴉去說了。

小怪半瞇著眼睛頻頻點頭，順便環視房內一圈，赫然發現一臉茫然的吉昌站在木拉門前。

前幾天發生的強風與天狗騷動事件，吉昌都被蒙在鼓裡。小怪必須向他解釋，為什麼會有魔怪突然從天而降。

「啊、呃、那個、嗯……」

看到小怪支支吾吾的樣子，吉昌嘆口氣，苦笑著說：
「我大概明白了，你不用說什麼。」
「哦。」
不愧是那個晴明的兒子，在非人類居住的「魔境」安倍家住久了，恐怕沒多少事可以嚇到他了。
用一隻前腳咔哩咔哩搔著耳朵下方的小怪，轉頭面向天狗。
「喂，快說啊！天狗，你們這樣闖入安倍家，是有什麼深仇大恨？」小怪向前一步逼向它們，惡狠狠地說：「要是說得沒道理，我就殺進愛宕。」
「騰蛇大人，這樣會不會太暴力了？」
吉昌居中協調，小怪露出尖牙說：
「你看看這種慘狀，分明就是發動了攻擊！」
「不！」這麼大叫的是颯峰。「不，不是，我們絕對不是發動攻擊！」
「沒錯，白色這位，你太武斷了。」緘默不語的巨大天狗終於開口了，還豪邁地笑著說：「哎呀哎呀！真對不起，都怪我一時衝動。」
被稱為「白色這位」的小怪，太陽穴抽動了一下。
「一時？」

小怪的表情更兇狠了。

天狗用右手拍一下頭，豪邁地笑著說：

「沒剩多少時間了，這個半吊子卻沒什麼行動，我實在等不及就跑來了。唉，真是傷腦筋呢！」

「啊？」

那應該是我們這邊的台詞吧？小怪拉高語尾，同時豎起耳朵和尾巴。

天狗緩緩環視屋內。

「我都不知道，原來人類住的地方這麼脆弱。現在仔細一看才發現，全都是木造的呢，這樣我們隨便拍個翅膀就支離破碎啦！何不乾脆再找塊空地，重建更堅固的房子呢？」

吉昌和小怪都張大了嘴巴，心想這天狗真是口無遮攔，說那什麼話嘛！

不過，看樣子它不是在糊弄。天狗的語氣、態度，看起來都不像在開玩笑，也不像是想蒙混過去，而是真心感到憂慮，誠懇地提出建議。

背對著颯峰的昌浩垂頭喪氣，一動也不動。烏鴉張開翅膀，一下子拍拍昌浩的肩膀，一下子拼湊破碎的紙張，忙得不可開交。吉昌茫然不知所措。小怪散發著一觸即發的危險氣勢。站在中間的颯峰則心驚膽戰地交替看著他們。

小怪兩眼發直。

巨大的天狗卻絲毫不在意緊繃的氣氛，繼續開朗地說：

「我伊吹也許能力有限，但不管任何事，還是可以找我商量。不過，以人類居住的地方來說，這裡的面積算是很大。要重建的話，人手會不夠吧？到時候交給我就行了。不用擔心，我雖然一直在異境愛宕過著隱居的生活，但只要我一聲令下，還是可以召集很多人。對吧？颯峰。」

「伯父！這不是重點！」

「伯父？」

兩個驚訝的重複聲，來自小怪和吉昌。

嬌小的天狗轉頭對小怪說：

「是的，這是我伯父伊吹……」

巨大的天狗推開介入中間的颯峰，蹲了下來，讓視線高度接近小怪。

靠後腳直立的小怪狠狠地回瞪著它。

「照顧總領的獨生子疾風是我的工作。聽說有人類為它盡心盡力，我就急著趕來道謝了。」

這麼說完後，巨大的天狗哇哈哈地大笑起來。

小怪半眯起眼睛，心想原來是這麼回事，簡直是找麻煩嘛！

吉昌聽完這些話，倒是約略猜出了事情的來龍去脈。看來，他的小兒子又一頭栽入了很麻煩的事。

這孩子才剛從伊勢回來一個多月。

莫非老是與妖魔鬼怪糾纏不清，就是這孩子的宿命？

但這也是沒辦法的事。撇開昌浩本人的自覺與目前的實力不談，他畢竟是吉昌由衷敬佩暗自稱為「怪物」的父親安倍晴明，唯一的接班人。

小怪直直瞪著伊吹，藏在伎樂面具下的天狗雙眸，沉穩卻散發著強悍的光芒。它說它過著隱居的生活，看來並不是因為年老體衰，所以還是不能對它掉以輕心。

吉昌發現小怪的表情緊繃，內心有點恐懼。

被昌浩稱為小怪的這隻白色異形，是強悍神將騰蛇的偽裝模樣。

吉昌很怕騰蛇。當騰蛇變成這種模樣時還好，因為神氣會被徹底隱藏住，但一靠近恢復原貌的騰蛇，吉昌就會本能地產生恐懼，下意識地退縮。

伊吹忽然轉向吉昌說：

「你就是竭盡全力救疾風公子的陰陽師嗎？咦，我聽說年紀還是個孩子，怎麼人類的成長速度這麼驚人呢？不過，如果說生命像花朵般短暫，必須匆匆忙忙度過的話，這也是可以理解的。」

「咦?!」

吉昌沒想到自己會被誤認，一時目瞪口呆。

小怪舉起一隻手，對自顧自點著頭的伊吹說：

「慢著，不是那位，你說的陰陽師是這位。」

「什麼？」

伊吹往小怪指的地方望去，看到垂頭喪氣、無精打采的男孩，在面具下猛眨眼睛。

「喂，颯峰……」

「什麼事？」

伊吹語氣沉重地詢問姪子：

「這個搖搖欲墜、好像隨時會被風吹走、看起來沒有半點霸氣、手無縛雞之力的軟弱小孩，真的就是那天讓我們同胞全身戰慄的陰陽師嗎？」

颯峰還來不及回答，小怪就先開罵了。

「也不想想是誰把他害成這樣的！」

怒罵的高分貝把屋樑、柱子都震得動盪不已，但也只有具有靈視能力的人才聽得見。

吉昌不由得摀住耳朵縮起身子時，露樹趴躂趴躂地跑過來了。

「相公！你怎麼了？」

「啊，沒、沒什麼，妳來做什麼？」

妻子回答的話讓吉昌啞然無言。

「京職②和檢非違使③的人來了，要求進來家裡……」

小怪的陰陽講座

①伎樂是古代日本寺廟法會上演的一種舞蹈劇，演員戴著面具，表演時不說話、不出聲。

②京職是掌管京城司法、警察、民政之機關。

③檢非違使是在京城負責取締犯罪、風化業等警察業務的法規外官員。

2

想來也是無可厚非的事。

安倍家的地位再低，終究也是貴族。在一条的一角擁有面積廣大的住宅，又靠近皇宮。

有不明物體掉落，砸毀了部分房子，那麼大的聲響，附近鄰居當然都聽見了，他們不知道發生什麼事，嚇得魂飛魄散。京職和檢非違使接到他們的通報，立刻就趕來了。

前幾天，有星星墜落在藤原行成家，造成了大騷動。這件事還令人記憶猶新，所以檢非違使他們起初以為這次跟那次一樣，又有星星掉下來了。

但這也只是猜測，事情未必就是這樣。

在吉昌的陪同下，官員們手腳俐落地展開搜查，看埋在破碎板窗下的家具、書籍中，有沒有星星的碎片或類似的東西。雖然還不至於連櫃子、櫥子都打開來看，但詢問過裡面是什麼。

官員們仔細查過屋內的每個角落，連一個小地方也不放過。

要斷定這不是人為事件，就必須找出真相，確定沒有任何證據可以證明是人為的。

那種慘狀，一看就知道不可能是人所造成的，但不能成為非人為事件的證據。

這次跟行成府邸那件事不一樣，這裡是陰陽師安倍晴明的住家。大陰陽師安倍晴明有很多看不見的敵人，大有可能是術士靠法術發動攻擊，不需要敵人本身親自下手。

為了鄭重起見，他們還請來陰陽寮的陰陽師，清查這類法術殘存的痕跡。

跟在檢非違使後面陪同調查的吉昌緊張得汗流浹背。

小怪坐在他旁邊。

看到他臉色發白的樣子，小怪對他說：

「幸好她不在。」

吉昌打從心底應和。

「沒錯，的確是。」

有個女孩跟晴明一起留在伊勢。這個女孩是以安倍家遠親的名義暫時住在安倍家。

她不在這裡，真的太好了。

「從她的生活用品，看不出她的身分吧？」

「應該不用擔心……」

到底怎麼樣呢？吉昌沒進過她房間，其實也沒多大把握。

「會不會有信之類的東西……」

想著想著，小怪忽然想到這一點，低聲說著。吉昌的臉色變得鐵青，回想起來，自己的確幫她父親轉交過幾封信給她。

她是個嚴謹的人，應該會把信收在箱子或什麼東西裡。怕的就是，箱子不預期地被打開來檢查。

小怪制止差點飛奔出去的吉昌，甩甩尾巴說：

「你待在這裡，我去看看。」

一般人看不見小怪。即便是有靈視能力的人，也沒那麼容易看到小怪。

它從拉開的木門溜進去時，兩名檢非違使正在查看有沒有可疑的東西。所謂搜查，就只是看看矮桌下面和屏風後面，沒有碰靠牆的櫃子和鏡台旁的化妝箱。

小怪眨了眨眼睛。

它發現檢非違使們不是沒查櫃子和化妝箱，而是沒看到那些東西。

「怎麼了？騰蛇。」

隱形坐在櫃子上的朱雀蹺著腳，雙臂合抱胸前，微偏著頭問。同樣隱形站在化妝箱前的天一也一副有話要說的樣子。

小怪嘆了口氣。原來是它的同袍們，用神氣把可以查到女孩身分的東西都巧妙地藏起來了。

「喲，朱雀，好久不見，你復元了？」

神將朱雀笑得像陽光般燦爛，回答小怪說：

「是啊，在伊勢遇上一些麻煩，花了不少時間才復元。」

朱雀把視線投向天一，又接著說：

「而且，天貴也非常擔心我，我不想再看到她那麼傷心的樣子了。」

天一展露花般的豔麗笑容，看著毅然決然這麼說的朱雀。朱雀也對著她頻頻點頭，看著她的眼神溫柔到不行。

小怪半瞇起眼睛，搔搔耳下說：「是哦，那……這裡就拜託你了。」趕緊轉身快步離開房間。

不趕快走，妨礙人家恩愛的話，據說出去會被馬踢飛。

屋內有無數的檢非違使走來走去，屋頂上又有不同的畫面。

伊吹一屁股盤坐在屋頂上曬太陽，颯峰則是抱著頭苦思。

合抱雙臂、眉頭深鎖的勾陣，與閉著眼睛、拿著枴杖的天空，站在他們前面。

勾陣深深嘆了口氣。

「真是的，主人不在時，居然發生這樣的騷亂……」她轉向統帥十二神將的同袍

說：「天空，你也真是的，怎麼會放天狗進來呢？它們過不了結界，就不會發生這種事了。」

外表像高齡老人的神將皺起眉頭說：

「因為昌浩保證天狗沒有敵意，可以放它們進去。」

「什麼？」

勾陣難以置信地反問。天空對她點點頭，低頭望著腳下，不過他向來閉著眼睛，所以不是真的看著腳下。

「昌浩是體恤我，想減輕我維護結界的負擔，沒想到這次會適得其反。」

誰知道天狗會衝得那麼快，把板窗都撞破了。通常就算颯峰飛得再快，也會在房間前面降落，報上名才進去。

「呃，真的很抱歉。」

颯峰惶恐得縮成一團，伊吹卻老神在在。

「所有修繕都由我伊吹負責，不用擔心。愛宕的天狗們都聰明靈巧，很快就可以把這裡復原了，對吧？颯峰。哈哈哈！」

這根本不是問題所在。

勾陣覺得頭疼，按住了額頭。

破損的板窗瞬間修復，又會變成京城人們最好的聊天話題，說安倍家果然是非人魔境、安倍晴明是怪物等等。人不在也會被挾來當話題小菜的晴明，不管好事、壞事，總是成為人們的焦點。

屋內的檢非違使似乎在某處聚集，一起往某個地方去了。

原來是陸陸續續地走出門，往皇宮方向去了，看來是檢查完畢了。

勾陣和天空都鬆了一口氣。

「那麼，接下來就交給妳了。」

天空這麼說，就回去傳說中生人勿近的靈異森林了。勾陣正目送他離去時，小怪上來了。

「真是會找麻煩的天狗。」

被輕輕一瞪，颯峰立刻磕頭跪拜，臉幾乎貼在屋頂的表面上。

「對不起！我伯父絕對沒有惡意，只是太關心疾風了，才會做出這種事……！」

小怪仰頭瞥同袍一眼，同袍也低頭看它一眼。

從颯峰的話中聽不出虛假的謊言。伊吹也一副坦蕩蕩的樣子，教人不得不相信它沒有惡意、沒有敵意，只是飛得太快了。

小怪嘆口氣說：

「覺得有錯，就幫忙收拾！」

颯峰趕緊爬起來說：

「當然！請務必讓我這麼做！我以身為愛宕天狗族的榮譽發誓，一定會負責復原！」

算了，這種誓就不用發了。

很想這麼說的小怪，把話吞了下去。颯峰盡自己所能在表現誠意，徹底拒絕它也太殘酷了。

再說，最大的問題是這個煩人的獨臂天狗。

「你這個叫伊吹的，是來幹嘛？」

面對小怪可怕的語氣，伊吹豁達地回答：

「我不是說過了嗎？我是匆匆趕來謝謝你們大力拯救疾風公子。」

笑容從伊吹臉上消失了。

「再這樣下去，它撐不了幾天。必須在那雙小小的翅膀脫落之前，解除異教法術，救活它。」

風中的冬天氣息愈來愈濃了。

「唉，真是場災難呢！」

很久沒回來老家的安倍成親和昌親先去探望父母。

帶他們去父親房間的母親看起來跟平常一樣，好像什麼事都沒發生過。兩兄弟鬆了一口氣，但也暗自對母親佩服不已，嘖嘖稱奇。

嫁給那個安倍晴明的兒子後，她生下來的孩子們，從小就會做千奇百怪的事，要不然就是被捲入那樣的事裡。要是神經太過纖細，恐怕活不到現在。

也可能是因為她沒有靈視能力，才可以這麼從容以對。不過，她的反應並不遲鈍，該注意的事她都會注意到。只是陰陽師這種行業有太多難言之隱，所以她太聰明也不好。

吉昌、成親和昌親真的想隱瞞的事，她就不會發現，對於昌浩的事，她應該也是這樣——不是全部都知道，但也不是什麼都不知道。可能是已經領悟到，陰陽師就是這種行業吧！孩子們都認為是這樣，否則母親不可能忍受得了。

即使面對親人，還是有絕對不想被知道的事。這就是陰陽師，不是冷漠。

不用他們說什麼就能察覺到這些的母親，替他們準備好茶水和點心之後，就很理所當然地離開了。

兄弟們先跟父親促膝密談，打算稍後再去找母親好好聊聊。

吉昌和昌浩都以星星掉落為由，請了幾天的凶日假。

現在整座皇宮都在談論星星掉在安倍家的事。
成親端著母親替他們泡好的茶，望著遠處說：
「星星掉在傳說連天災都可以躲過的安倍家，難怪會成為話題。只是那些談論的貴族們好像說得很開心，看到就有點生氣。」
「算了，他們想說什麼就隨他們去說吧！」
昌親苦笑著安慰哥哥。
「是這樣沒錯，可是，他們每次有困難就來拜託我們，當我們有難時，他們卻幸災樂禍。你不會想下次不管發生什麼事，都不再幫他們嗎？」
「想是會想啊！可是必須拋開私人感情才行。尤其是你，哥哥，你還關係著藤原一族。」
聽著兒子對話的吉昌把雙臂合抱胸前說：
「陰陽寮的狀況怎麼樣？」
天文博士吉昌臨時請假，多少還是會有些混亂。
「有伯父出來坐鎮指揮，業務都還能維持常態。」
聽完昌親的報告，吉昌放心不少。
「是嗎？等一下要寫封信給他才行。」

「還有，陰陽部也因為這件事而趕緊把昌浩的工作分出去，沒有妨礙到進度。」

昌親說最先行動的人是藤原敏次。

成親笑了起來。

「聽說你們把《論衡》借給他了？我是聽行成大人說的。」

行成說敏次非常開心，臉都紅了，連他自己光聽著敏次講這件事，都不由得開心起來。

「成親，不要用這種語氣描述行成大人……」

父親皺起眉頭，成親對他眨了眨眼睛說：

「在公眾場合我會注意，放心吧！」

然後，他望向南棟房間又說：

「該去看看小弟了。」

昌親點點頭。

「等一下，成親、昌親。」

吉昌忽然叫住他們，表情有點嚴肅。

兩人正襟危坐，知道父親要說的是必須認真聽的事。

「有件事我必須告訴你們……」

昌浩房間的隔壁有間空房。
以前是昌親的房間，現在只放著少許的家具和不用的用具。
因為經常打掃、通風，所以沒什麼灰塵，空氣也還好。有需要時，隨時可以使用。
打開木門的成親和昌親，頓時呆住了。
「芋頭蟲……？」
成親疑惑地嘟囔著，昌親也直翻白眼。
鋪在板窗前的鋪被上，有團外褂圓圓鼓起，還有枕頭般的東西滾落地上，前面不知道為什麼有隻烏鴉。
烏鴉一發現入侵者，立刻把頭轉向他們。
「什麼人？」
聽到張開的烏嘴說的是人話，成親和昌親都眨了一下眼睛。
「變形怪？」
「好像是。」
兩人冷靜地走進房內。
成親向全身戒備的烏鴉揮揮手說：

「我是安倍成親，他是安倍昌親。我們是安倍吉昌的兒子，也就是在那裡縮成一團的昌浩的哥哥。」

「哥哥？」

烏鴉表示懷疑，昌親對它點點頭。它回頭對著那堆山說：

「安倍昌浩，是真的嗎？」

從一團外褂下面傳出陰暗的聲音。

「是的……」

「原來如此，那就不用客氣，請坐吧！那邊有一堆坐墊。」

烏鴉舉起黑色翅膀指給他們看。

「哦，真的呢，那我們就不客氣了。」

配合度很高的成親應和烏鴉，昌親偷偷笑了起來。這裡是他們家，根本輪不到來歷不明的烏鴉叫他們怎麼做。不過，既然是昌浩的朋友，現在又待在他附近，還是要盡該有的禮貌。

對可以進入這個家的異形、妖怪和變形怪，都要以禮相待。因為只有得到晴明許可的妖魔鬼怪，才進得來這裡。

安倍晴明會許可，一定有他的理由，他們尊重他的決定。

成親把坐墊拉到鋪被前，盤腿而坐，試探地問：

「那麼，你是？」

「我？哦，要自我介紹才行。我叫嵬，是在出雲國的道反聖域，侍奉道反大神與道反女巫的守護妖，由於某些原因，滯留在這裡。與安倍家血脈相連的你們，從今以後請記住我。」

「知道了，請不用拘束。」

兩人對抬頭挺胸地驕傲報上名的烏鴉鞠躬行禮。

然後，成親把雙臂合抱胸前，昌親伸出手拍了拍那堆山。

「昌浩？」

沒有回應。烏鴉嘆口氣說：

「他一直是這樣，不肯出來。」

「是哦。」成親嚴肅地點點頭說：「鬧彆扭啊？」

說得一點都沒錯。

房間被撞毀，連辛苦寫完的信都沒了，昌浩像斷了線般全身虛脫，把逃過一劫的鋪被和外褂拖到這個房間，就默默蓋上外褂，決定賭氣睡覺。

安倍成親與昌親，分別與昌浩相差十四歲與十二歲，昌浩是吉昌和露樹夫妻遲來的孩子，也是晴明最小的孫子。

成親和昌親也是晴明的孫子，神將們和住在京城的小妖們卻不會叫他們「晴明的孫子」。

成親說自己姓安倍，其實因為愛上參議的女兒，他早已入贅藤原家。但是他不喜歡被那個姓牽著走，所以在公眾場合都是用「安倍」這個姓。他是三個孩子的父親，有兩個兒子、一個女兒。

昌親也結婚了，因為替身體不好的妻子著想，覺得讓妻子跟她自己的父母住在一起比較放心，就住進了妻子娘家。原本不敢妄想有小孩，卻在去年幸運生下了可愛的女兒。少有人知道，生產時，安倍家總動員，從晴明到剛行完元服禮的昌浩都加入，為這件事祈禱。結果大有收穫，母女都很健康，昌親深深感謝所有親人。

沒住在家裡的兩個哥哥都很關心昌浩，有必要時就會照顧他。

今天也是聽說父親與弟弟突然請凶日假，還有星星掉落在安倍家，立刻取得了上司的許可，盡快完成工作趕回家。

躲在外褂下的小弟連臉都不肯露出來。成親感興趣地看著他說：

「沒想到昌浩也會賭氣睡覺呢！」

這個弟弟個性積極，就算有些沮喪，還是會抬頭挺胸，勇往直前。

「看來是有什麼事嚴重到讓你大受挫折哦！」

是不是沒有事先預測到星星會掉落，沒有做好防備，覺得很丟臉，有失身為陰陽師的職責呢？

可是往這方面想的話，身為陰陽師的昌浩本來就不擅長觀星、占卜和曆法，多加一條這樣的失誤，應該還不至於沮喪到這種程度。

說著一口人話的烏鴉代替那堆沒反應的山出聲。

「我來替他回答吧！」

「哦，你嗎？」

嵬對猛眨眼的成親點點頭，舉起一隻翅膀說：

「因為當時我在場。」

「哦哦，這樣啊這樣啊。」

這麼附和的是成親，昌親只是默默看著昌浩。

「現在回想起來，都覺得很難過。一想到如果那種事發生在我身上，我就痛苦得心如刀割……」

烏鴉感慨萬千地望向斜上方。

「他昨晚嘔心瀝血寫出來的信，被突襲的天狗們無情地撕毀了……！」

像人類握拳般緊緊握起翅膀的烏鴉，發出椎心泣血的聲音。

「充滿思慕之情的信被撕毀了！依我看，安倍昌浩非常不擅長把自己的心情毫無保留地寫出來。能寫到這樣，不知道花了他多少天的時間。即使這樣，他也沒有逃避，勇敢面對，終於完成了那封信。現在發生這種事，教他怎麼甘心呢……！」

烏鴉激動得說不出話來了。

「原來是這樣啊，」一成親感嘆地點著頭：「原來如此，不擅長寫信的他，失去了千辛萬苦寫出來的信，會變成這樣也不足為奇。更何況那不是一般信件，而是情書。」

「不是！」

像岩石一樣定住不動的昌浩撥開外褂，跳了起來。

沒綁的頭髮東翹西翹，凌亂蓬鬆。剛睡醒時受到襲擊，他就乾脆賭氣再繼續睡，所以只穿著一件單衣。

滿臉通紅的昌浩急匆匆地解釋。

「什麼情書嘛、什麼情書嘛！不過是一般的回信，我只是太忙了，忙到沒時間寫而已！嵬，你也不要說得那麼誇張！」

「哦，天岩戶洞窟打開了④。」

成親滿意地抿嘴一笑，靜靜待在一旁的昌親也瞇起了眼睛。
昌浩皺起眉頭，發現自己上當了。
二哥苦笑著對垂頭喪氣的小弟說：
「你怎麼可能鬥得過哥哥呢？快投降起床吧！」
「是……」聲音低啞說得很不甘願的昌浩端正坐好，雙手伏地說：「讓你們見笑了，對不起。」
「沒關係。對了，原來掉下來的不是星星，而是天狗啊？」
昌浩抬起頭，疲憊地嘆口氣說：
「是啊，是天狗，不是掉下來，是衝下來……」
說著說著，昌浩的身子逐漸向前傾。
「爺爺不在的期間發生這種事，不知道會被說成什麼……」
昌浩說完就向前趴倒了。安倍吉昌的長子非常開朗地對他說：
「不，我想他不會說什麼。從很久以前，就常發生屋頂被摧毀、柱子被折斷、門被撞破、水池洩底之類的事。」
「咦？」
昌浩訝異地抬起頭，沉著的二哥對他點點頭說：

「嗯，哥哥說得沒錯。你出生後這種事就沒有了，可是我們小的時候，簡直就是驚濤駭浪，大家都經過千錘百鍊，不會被一點小事嚇到。」

昌親說完還哈哈哈地輕聲笑起來。

昌浩表情複雜地交互看著兩個哥哥。

大家都說，成親大刺刺的個性是繼承爺爺，二哥溫和、老實的個性是繼承父親，但現在這樣子，還是像極了安倍晴明的孫子。

完全把自己拋在腦後的昌浩，並不知道大家都認為，其實他最像晴明。

小怪的陰陽講座

④在日本的傳說中，太陽神「天照大御神」曾躲進天岩戶洞窟裡，使大地變得一片黑暗，製鏡遠祖石凝姥命製作鏡子，把祂從洞窟裡誘出來，大地才恢復了光亮。

3

另一方面，在損毀的房間裡，颯峰聽從小怪的指揮，勤快地收拾善後。

「這個要不要丟呢？怪物的小怪大人。」

「不要叫我怪物的小怪！」

颯峰抱著一團皺巴巴的紙，滿臉困惑，支支吾吾地對齜牙咧嘴的小怪說：

「可、可是……昌浩都叫你『小怪』啊……」

「我跟那小子說過好幾次，不要那樣叫我，他就是不聽。所謂怪物，是指死亡的人類靈魂，跟我這種變形怪的性質完全不同！」

颯峰終於搞懂了。

「啊，原來如此，在人界是這麼分的啊！」

小怪看著它猛點頭的樣子，覺得它還真有點像以前的昌浩。

當然，昌浩是人類，颯峰是天狗，所以本質上全然不同，但與生俱來的個性和對事情的反應卻很相似。

天狗也有個性，遇到這種性格的天狗並不稀奇，只是會跟昌浩深深牽扯在一起，是

種奇妙的機緣。

「把板窗的殘骸都搬出去，集中在一個地方燒掉。」

「知道了。剩下的碎片可以全吹走嗎？」

「可以，不要把書和家具也吹走了。」

「知道了。」

可能是覺得歉疚，颯峰忙得團團轉。負責監督的小怪直立在木門前，雙臂合抱在胸口，在它看來，颯峰的手腳比昌浩俐落多了。

看著颯峰把碎片打掃乾淨，將書籍和家具一一歸位，最後用在水池洗過擰乾的抹布擦拭地板，小怪有點感動。

「你好像做得很熟練呢！」

颯峰邊做，邊回應：

「疾風公子本來很調皮……是個活潑的孩子。」

小怪感同身受。精力旺盛、跳來跳去的小孩子會做出什麼事，小怪和紅蓮都很清楚。

這個負責照顧的天狗一定常跟在疾風後面收拾。雖然有點厭煩，但看著它一天天成長，還是很高興。

「負責照顧疾風的我，常追得很辛苦……」

颯峰的聲音逐漸失去活力，擦拭地板的手也變得遲緩。
「本以為回到家鄉，它的狀況會好一點……我想得太簡單了。」
背向小怪的天狗停下擦拭地板的手，沮喪地說：
「白色變形怪大人，還沒辦法解除疾風公子身上的異教法術嗎？就算不能解除，有沒有辦法稍微減輕呢？」
嬌小的天狗肩膀顫抖起來。
「不能稍微解除侵蝕它幼小身體的痛苦嗎……」
小怪無言以對，它知道冒失的安慰或掩飾對事情毫無幫助。給颯峰愈高的期待，落空時的失望就愈大。
颯峰應該也了解這個道理，沒再多說什麼，又默默擦起了地板。

京城的人都知道。
聳立於京城西北方的靈峰愛宕，有魔怪天狗住在山峰深處。
見過天狗的人不多，卻常聽說哪家的孩子被天狗抓走了，或是有人在那座山失蹤了。
事實上，天狗是住在與人界不同的異境。靈峰的氣有連接人界與異境的力量，不過，只有擁有妖氣的魔怪天狗才能打開那扇門。有時，天與地的氣會產生罕見的絕妙融合，製造出酷似天狗妖氣的氣場；運氣不好正好在那裡的話，就會不小心闖入異境，這時候，無法靠自己的力量回到人界。遇到心血來潮大發慈悲的天狗，就會把人送回去，要不然，大多數的人都是在異境徘徊到死。人們認為這樣消失的人都是被天狗抓走，而不是莫名的失蹤。

「總領天狗的兒子中了異教法術，再不解除就來不及了。」昌浩嘆口氣。「可是我沒接觸過異法，連法術種類都搞不清楚，現在一籌莫展……哥哥，你們對異教法術知道什麼嗎？」

兩個年輕人被問得面面相覷。

「嗯……異教法術是總稱，其實內容五花八門。」

「如果說我們使用的法術是正道，那麼，其他都可以稱為異教法術。」

成親和昌親都愁眉苦臉地思考著。

昌浩只輕描淡寫地說「來不及」，是顧慮到言靈的作用。言靈會招來話中的事物，使話成真，所以要盡量避免負面的言靈。

伊勢的齋王不能說不吉利的話、要徹底避開言靈的污穢，應該也是這個原因。儘管昌浩不夠成熟，還是會思考這種事。

「慢慢把對方折磨至死的異教法術啊……」

聽到成親這麼沉吟，昌浩傾身向前說：

「有什麼線索嗎？」

「線索太多，多到不知道怎麼找。」

「說得對。」

連昌親都同意哥哥的說法，昌浩失望地垂下肩膀。

沒錯，多不勝數，要一一過濾太花時間了。

「我們對法術也不精通，直接問父親或爺爺比較快吧？」

昌浩面有難色地看著雙臂合抱的成親。昌親偏頭問：

「你這麼不想請爺爺幫忙嗎？」

昌浩搖搖頭說：

「不是的，不得已時還是得這麼做，只是爺爺現在還在伊勢，我想他應該也很忙，所以我怕麻煩他……」

兩個年輕人猛眨眼睛，心想他還真坦白呢。他們都知道昌浩一直很好強，不願意依賴祖父，所以這樣的成長與進步更讓他們驚嘆。

昌親忽然想起一件事。

「對了，今天早上陰陽寮收到爺爺寫給陰陽寮長的信。」

「爺爺寫的？」

「好像是伊勢神祇大副上個月底去世了。」

昌浩啞然失言。

祖父晴明是接到神祇少佑大中臣春清的請求，在上個月陰曆八月，去伊勢為臥病在床的大副大中臣永賴祈求痊癒。當時，寄住在安倍家的遠親女孩也一起去了。其實真相更為複雜、麻煩，只是不能公開，最大的原因是跟皇室和神宮有關。

「伯父還私下告訴我說，齋王的身體狀況也不見好轉。」

「是嗎……」

昌親對臉色陰鬱的弟弟點點頭說：

「聽說沒能把大副大人救活，爺爺非常懊惱，希望起碼可以為齋王盡點心力，所以請求皇上讓他暫時留在伊勢。」

昌浩把嘴巴抿成一條線，閉上了眼睛。

受人之託去了目的地，卻沒能達成任務，可以想像祖父的心情。

昌浩低頭看著自己的手。他也一樣，受天狗之託去救疾風。

「大家都太自我了……陰陽師也不是全能的人，只是會一點法術、直覺比別人強一點、天生看得到人家看不見的東西而已。被寄望太高，也很苦惱。」

說得淡然，語氣卻有點沉重，三兄弟都靜默下來。

就算再怎麼盡心盡力，也不可能改變人的壽命，徹底斬斷既定的宿命。想要做到那種程度，就要背負原本不必背負的結果。

陰陽師知道如何避開那樣的結果，但也不是完全避得開。

在突然變得凝重的氣氛中，烏鴉交互看著沉默不語的三人。

身為道反守護妖的嵬不了解他們被託付的責任有多沉重，所以不敢隨便插嘴。

它只是默默地想著，原來人類也有這麼多束縛，真是難為他們了。

過了好一會，昌浩才冒出一句話。

「不過……」

「嗯？」

昌浩平靜地抬起頭說：

「既然決定背負了，我就不想放棄。」

最初立志當陰陽師時，昌浩曾發誓要超越祖父。有過種種經歷後，現在的他已經知道，人不可能做到一切。但也因為這樣，他更不想放開已經抓住的東西。

兩個年輕人微微張大眼睛。

「這樣啊……」

「嗯。」

像小孩子般的點頭動作還是跟以前一樣。

兩隻手同時伸出來，在昌浩頭上亂抓一通。

「哇？」

「嗯，說得好。」

「你就這麼做吧！」

那雙堅定的眼眸，就是昌浩成為晴明接班人的原因。

這時候，小怪打開木門進來了。

「喲，三兄弟共聚一堂啊？」

三對視線同時望向它。

「哦，螣蛇，好久不見。」

「是啊，你家人都好吧？成親。」

「託你的福，都好。」

「那就好。昌親，你家呢？」

「平安無恙。」

「太好了。」

小怪先做完一連串的問候，才對昌浩說：
「整理好了，等一下天狗的木匠會來修板窗。」
昌浩發出「咦」的驚嘆聲。
「天狗也有木匠？」
「好像有，我也是第一次聽說。」
看來天狗和人類一樣，各有各的工作。
成親起身說：
「我差不多該走了。」
小怪眯起眼睛說：
「太說不過去了吧？我一來你就要走。」
成親慌忙揮著手說：
「不是、不是，真的是今天必須早點回家。我岳父準備在上弦月之夜舉辦宴會，我要回去討論這件事。」
他低頭看著大弟和小弟，又哈哈大笑著說：
「你還可以留下來吧？陪昌浩說說話。我走啦，小弟，儘管放手去做吧！但千萬不要逞強。」

這句話說得很有大哥的味道，弟弟們都苦笑著點點頭。

成親看著昌浩的眼神，瞬間浮現淡淡的陰霾，但只是一閃而過，豁達的大哥揮揮手就轉身離開了。

「……」

小怪忽然瞇起眼睛。

它偷偷跟在成親後面出去，昌親和昌浩都沒發現，繼續談愛宕天狗族和異教法術的事。

向雙親告辭後走出屋外的成親，在大門前停了下來。保持一定距離走在後面的小怪，也跟著停下來。

隔了一會，成親才沉重地嘆口氣說：

「什麼事都瞞不過你，騰蛇。」

「你把我當成什麼人了？」

「十二神將的火將騰蛇，是最強勁、最兇悍、讓人嚇破膽的可怕傢伙。」

成親故作輕鬆地回答，回頭看著小怪。

「發生什麼事了？」

小怪的眼神和語氣都很嚴厲，成親投降似的垂下了視線。

「我……還是討厭你，你可怕又敏銳，我不喜歡靠近你。」

成親對小怪的原貌騰蛇有本能上的恐懼。平常他會裝出瀟灑的模樣，掩飾這樣的恐懼，但是像現在這樣被直直盯著，很容易就看得出來。

「少廢話。」

小怪兩眼僵直，用眼神告訴他不要想把事情蒙混過去。

成親合抱雙臂，靠在關閉的門上。

「左大臣私下把父親找去了。」

「道長？」

成親點點頭，自嘲似的笑了起來。

「他畢竟是藤原一族的首領，不管我們耍什麼花招，都鬥不過他，只能期望不會完全被他牽著鼻子走……」

說到這裡，成親嘆了一口氣。

小怪看他那樣子，就知道他要說什麼了。

「你們從一開始就知道身分的差距吧？」

「我們當然知道，就是知道，才會做得那麼辛苦，看來是白費力氣了。」

「堂堂安倍成親說這種話太窩囊了，有點志氣嘛！」

「你還真嚴厲呢！不過說得也對，是還有時間，我會想想該怎麼做。」
「很好，說得好，我會幫你收屍。」
「麻煩用火葬。」
「我不要。」
「果然不行？」
成親笑笑，轉身打開了大門。小怪站在那裡目送他離去，直到看不見他的身影。
腳步聲和氣息都逐漸遠去。
三道神氣降落在默默站著不動的小怪背後，現身的是勾陣、朱雀和天一。
小怪轉身看著同袍們，他們也都是有話要說的表情。
「當時你們也在場？」
「是啊，無意中都聽見了。」
回應的是朱雀，兩個女生默然點著頭。
小怪嘆口氣。
「那個男人高居藤原一族的首位，也是國家政治中樞的掌權者。安倍家跟他相比
……不說也罷，唉……」
沉著臉的小怪嘟嘟囔囔地唸著。

勾陣緩緩張口說：

「不過，若表現出稍微不同的反應，說不定還有希望……」

「嗯，可是……」

思索著該怎麼接話的天一，抬頭看看身旁的朱雀。

朱雀輕輕牽起她的手說：

「人類社會的身分排名在我們看來只是禍害，卻已根深柢固，不是說改就能改的。」

小怪閉眼沉思。勾陣嘆著氣說：

「被大大稱讚了一番呢。」

——「未婚妻的說法真是巧妙的掩護呢，做得好。

「將來我會把她嫁給身分地位相當又有財力的達官貴人，或是讓她出家，遠離世俗。不管怎麼樣，都要小心謹慎地處理這件事。我原本還在想，有沒有辦法可以避免無賴之輩纏上她，或身分卑微的人迷上她，現在我放心了，晴明果然精明能幹。」

據說，吉昌只是磕頭謝恩，什麼都沒說。想都不用想也知道，這不是把醜話說在前頭，而是一開始就把低等貴族的安倍家排除在外了。

昌浩是上不了清涼殿的低等貴族，就算再怎麼飛黃騰達，最高也只能爬到五位的官階。

安倍家不過是對左大臣家有幫助的陰陽師，除此之外什麼都不是。

「啊……我真的很討厭什麼身分地位、家世。」

小怪毫不掩飾厭煩，低聲咒罵著。它猜左大臣是想把她嫁給哪個權高位重的貴族，到時再聘用安倍家的陰陽師跟著她，只要有能幹的陰陽師陪在她身旁就沒問題了。

即使是出家，也可以這麼做。只要蓋一座寺廟，讓她成為第一代住持就行了。陰陽師會廣泛涉獵神道、佛教、修驗道⑤等所有領域，即使跟尼姑庵的住持有交情，也沒有人會覺得奇怪。

晴明和吉昌跟很多家寺院佛堂都有往來，在比叡山的延曆寺也有好朋友。

還是出家的可能性比較高吧？應該會多觀察幾年，再讓她以安倍家遠親的身分出家，進入京城偏遠郊外剛好建立的廟裡。出家可以用任何理由。

勾陣淡淡地說：

「不能再掉以輕心了，藤原道長在我們不知不覺中已經決定了這件事。」

不順從的話，安倍家兩三下就會被擊垮。安倍晴明的確有特別待遇，但是除了他之外，還是有很多陰陽師。

小怪甩甩尾巴說：

「是啊……不要告訴昌浩。」

同袍們默默點頭。沒有理由告訴他，而且必要的時候，也輪不到神將們來擔任傳達的角色。

三名神將隱形，小怪也回到了屋內。

跟它出去時一樣，昌親以前的房間門還半開著，從房裡傳來愉快的談話聲。

「我打算一天練習寫十五張，可是很難……」

「最重要的是持續不斷，不要操之過急，昌浩，你太求好心切了。」

「不過，我覺得好像是有點進步了。沒想到昨晚終於寫好的信會變成那樣子……」

「也難怪你會賭氣睡覺。」

「對吧?!」

小怪偷偷往裡面看，難得露出弟弟般表情的昌浩正抱著行成抄寫的書，滔滔不絕地向昌親傾訴。

「算了，我要把字練得更漂亮，到時候寫得漂漂亮亮給她看，讓她大吃一驚。」

昌浩說得開朗又堅決，昌親用關愛的眼神看著他。

「我知道你用心良苦，但還是先給她一些回音吧？」

「老實說，沒什麼事可寫……總不能寫天狗的事，告訴她板窗壞了，她一定會很擔心……」

「啊，說得也是……」

什麼身分、家世嘛，最好都消失不見！

小怪打從心底這麼期待，感傷地瞇起了眼睛。

直到太陽西斜，天空開始變色，昌親才起身離開。

昌浩稍微整裝後，送昌親到門口，小怪也搖搖擺擺地跟在後面。

「我走了，昌浩。大哥也跟你說過了，千萬不要逞強哦！」

「是，我會量力而為。」

聽到弟弟的回答，昌親不禁苦笑。不會做表面應付是昌浩的美德。

「放心，我拉不住他的衝動，也不會讓他太過逞強。」

直立的小怪用前腳拍拍胸口，那是表示「交給我吧」的動作，但一般動物的關節絕對做不出來。這個怪物到底是什麼生物呢？昌親儘管知道它的原貌，還是不時會產生這樣的疑問。

昌親苦笑著點點頭。有神將們陪著，不管發生什麼大小事，的確比較不會擔心。

忽然聽到車輪聲，接著就看到妖車從堀川的河堤吃力地爬上來。

「喲，好久不見了，車之輔。」去伊勢時麻煩過它。昌親瞇起眼睛，沉穩地偏著頭

說：「昌浩一出來，你就特地爬上來，真忠心呢！」

昌浩看著感動不已的昌親，忽然想起一件事。

「對了，我從來沒看過哥哥們的『式』，你們都是怎麼處理呢？」

「嗯？」

昌親眨一下眼睛，抿嘴笑了起來。

「哥哥？」

「嗯。」

昌親呵呵笑著。

小怪看著遠方某處，甩了一下尾巴。

昌浩眨眨眼說：

「呃……我知道了，對不起。」

「嗯。」

昌親還是滿臉笑容。不管是成親或昌親，都有昌浩不知道的事。

昌浩常覺得當弟弟真的是處於劣勢。不只哥哥們，連父母和祖父也都很清楚他的事，他卻只知道自己眼前的事。

「我走了。」

「是，請小心走，幫我問候二嫂和府上所有人。」

目送昌親離去時，爬上來的車之輔停下來，前面的簾子被掀開。

從裡面跳出三隻小妖。

跳到昌浩的背上和肩上攀住的小妖們，那股衝力差點把昌浩往前推倒。

「哇！」

抓住昌浩綁在背後的頭髮懸在半空中的獨角鬼，沿著頭髮往上爬，抓住昌浩的肩膀。

「我們都聽說啦，孫子，很慘吧？」

「整個京城都在談論這件事呢！孫子。」

「固若金湯的安倍府被攻破，引起很大的騷動呢！孫子。」

看到昌浩的太陽穴附近爆出青筋，小怪嘆口氣說：

「你們來做什麼？」

三對眼睛同時往下看著小怪。

「問得好。」

「不愧是式神。」

「我們可是京城妖怪的代表！」

猿鬼驕傲地宣示。

把手伸到背後想拉開小妖們的昌浩，懷疑地瞇起了眼睛。

「啊？」

什麼意思?小怪繞到昌浩身後，用眼神詢問小妖們。

三隻小妖跳下來，合抱雙臂，高高挺起了胸膛。

「聽皇宮裡的傢伙說，晴明他們還沒回來。」

「也就是說，小姐也還待在那裡。」

「所以溫柔體貼的我們就想到，小姐一定會很寂寞。」

小怪和轉身向後的昌浩都啞然無言地聽著小妖們的說詞。

猿鬼一隻手握起拳頭說：

「心愛的小姐那麼寂寞，我們怎麼可以默不作聲呢?!我們不是那麼無情的妖怪！」

「還有，晴明待在那麼遙遠的伊勢也很無聊。」

龍鬼握拳舉高。

最後，獨角鬼也跟那兩隻一樣，舉起一隻手說：

「去吧，去晴明和小姐所在的伊勢！」

「去伊勢！」

「去伊勢！」

猿鬼和龍鬼重複獨角鬼說的話。這時候昌浩和小怪才發現，三隻小妖都把拳頭舉向了東方天空。

大約沉默了五次呼吸之久。

眼睛眨也不眨地看著小妖們的小怪，終於開口說：

「對不起，可以確認一下嗎？」

「哦？」

「你們說要去哪裡？」

「去伊勢！」

「誰去？」

「我們代表大家去！」

「你們去？你們說這種話時，有沒有想到自己是什麼？」

「喂、喂，式神，虧我們認識這麼久，你怎麼會問這種話呢？」

「不要忘了，我們是妖怪嘛！」

「真是的，不會是活太久，記憶力減退了吧？」

三隻小妖都大感不滿，你一句我一句地說著。小怪眼神迷濛地說：

「這樣啊……知道自己是妖怪就行了。這樣啊，你們要去伊勢哦……」

妖怪說要去天照大御神所在的神之國。

「對、對，難得去一趟，我們想順便去參觀聲名遠播的神宮。」

「是、是哦……」

不知該說什麼的昌浩，只能這樣應和。

聽妖怪說要去伊勢參拜，昌浩總覺得怪怪的，可是不知道從何說起。

「好期待啊！」獨角鬼哈哈笑著轉向昌浩說：「所以我們有件事想拜託晴明的式神。」

昌浩與小怪不由得面面相覷。

小怪的陰陽講座

⑤「修驗道」為日本佛教的其中一派，開山祖是役小角。以日本自古以來的山岳信仰為基礎，主張進入山中修行，以取得咒力。

4

夜幕低垂。

充滿冬天氣息的貴船山，有兩道神氣降落在最深處的正殿門前。

過了初一，月亮逐漸轉圓，但月光還稍嫌微弱，滿天都是閃爍的星星，像灑滿了銀白色的粒子。

瑟瑟吹來的風冰冷刺骨，與籠罩整座山的清冽神氣相結合，醞釀出凝結緊緻的獨特氣氛。

沒多久，神氣的漩渦在群星閃爍的湛藍天空顯現，無聲地降落。

銀白色的亮光是包覆著神龍體原貌的鱗片。又長又大的龍身變成人身，烏黑的頭髮在風中飄揚，光滑的肌膚套著白色衣服，豐滿的胸前有很大的玉墜裝飾。

變成美得教人驚豔的女性的銀白色大龍，就是守護京城北方的貴船祭神「高龗神」。

降落在岩石上的貴船祭神擺出優雅的站姿，雙臂合抱胸前。

紅紅的嘴唇做出微笑狀，深藍色的雙眸卻冰冷無情。

兩個身影出現在祂直直的視線前。
高龗神微微瞇起了眼睛。
「喲，很難得見到你們呢！」
兩人鄭重對傲然俯視的神鞠躬行禮。
「我們是安倍晴明手下的神將太裳和天一，今日特來謁見。高龗神玉體安康，可喜可賀。有幸承蒙接見，不勝惶恐。」
說這些話的是神將太裳。過長的青瓷色劉海蓋到眼睛、左眼旁有銀色裝飾物的這名年輕人，說話的語氣跟他柔和的相貌一樣沉穩。
相較之下，貴船祭神的語氣就狂傲多了。
「有何貴幹？」
天一行個禮，冷靜地說：
「受主人之命，特來拜訪。」
高龗神的眼睛閃過一道光芒。
「哦？」
在袖子裡雙手交握的太裳，保持拱手作揖的姿態說：
「晴明還不知道什麼時候才能回來，所以派我們來向高龗神報告伊勢這件事，並為我們的延遲致歉。」

「我們代替主人請求您寬大為懷，原諒我們主人。」

貴船祭神沉默了一會，抹去臉上的笑容，在岩石上坐下來說：

「好吧！」

兩名神將鬆口氣，總算安心了。

高龗神是天津神，上個月在伊勢發生的事，祂應該都聽說了，但是不來向祂報告，會惹祂不高興。

按理說，應該由晴明親自來謁見做報告，盡到禮數。但如太裳所說，連什麼時候可以回京城都不知道，所以臨時改派神將代替。

會派他們來，其實是天空的決定，他認為兩人的性情穩重溫和，可以在這種狀況下發揮出類拔萃的能力。

高龗神一隻手托著下巴，轉移視線。

「原來如此，你們沒有戰鬥能力，所以光派你們來不能放心嗎？」

太裳和天一訝異地抬起頭。

「什麼……？」

他們循著神的視線望過去。

視線與剛進門的白色異形交會，兩人都露出驚訝的神色，目瞪口呆。

小怪沒想到會遇見他們，也張大了眼睛。

只有高龗神逕自點著頭說：

「不過，這樣的組合還真稀奇呢！這是晴明的主意嗎？」

「不，完全是巧合。」

搖搖擺擺往前走的小怪，跟同袍們一起站在岩石前，眨個眼變回原貌。

酷烈的神氣騰騰上升。清冽的貴船現場頓時被火焰神氣攪亂，但很快就被神散發出來的波動抵銷了。

感覺到騰蛇壓也壓不住的神氣，太裳下意識地縮起身子。不常離開異界的太裳很少跟騰蛇接觸。因為原本就害怕他強烈的神氣，所以在異界時也不太會跟他接觸。

騰蛇的神氣很可怕，這是身為同袍但力量較弱的神將們共通的感覺。

最近比較常接觸騰蛇的天一和玄武已經沒有以前那麼害怕了，但也有像太陰那樣的例子，愈常接觸愈害怕，所以很難處理得圓滿。

本能是沒辦法改變的事，再加上情感，就更難調適或克服了。在這方面，不管神將或人類都一樣。

「沒想到會遇到你們。」

紅蓮合抱雙臂看著同袍們，天一對他微微一笑。

「我們也很驚訝，你不用陪在昌浩身旁嗎？騰蛇。」

紅蓮聳聳肩說：

「現在有那隻烏鴉和朱雀陪著他。我正好奇，朱雀怎麼會離開妳身旁……原來是這麼回事。」

天一的笑容燦爛起來。若不是晴明的命令，朱雀與天一總是形影不離。

太裳的視線與紅蓮交會，輕輕行了個禮。紅蓮很少回異界，所以很久沒見到這位同袍了。

紅蓮知道他害怕自己，所以儘可能不跟他碰面，他也不會主動靠近紅蓮，但還不到彼此反目或彼此討厭的程度。

「對了，聽說那傢伙抓狂時，把你們整慘了。」

「那傢伙」指的是誰，太裳和天一都很清楚。

「不會，別這麼說。」

「而且她冷靜下來後，也鄭重向我們道歉了。」

難得崩潰的十二神將第二強人，也就是鬥將中的「一點紅」勾陣，激動得失去理智時，連天上兇神都會戰慄。但事情過後就成了笑話。

「我在這世上活了這麼久，第一次看到同袍的另一面。」
當時的事閃過腦海，太裳呆呆地望著遠方。紅蓮對他說：
「也不算是另一面吧，其實那傢伙……算了，不說了。」
紅蓮念頭一轉，中途打住了。天一從他那樣子看出了什麼，微微一笑，太裳也苦笑著說：
「說得也是，再說下去，傳到她耳裡就慘了。」
若是被她知道他們在這種地方討論她，一定會追著他們三人問到底說了些什麼。
神將們之間的交流乍看溫馨融洽，卻還是散發著某種淡淡的緊繃感。高麗神興致盎然地看著他們，發現同袍們對最兇悍的鬥將在認知上確實有了改變，只是改變不大。
三人覺察高麗神的視線，立刻收斂言行。
柔美的天一向神道歉說：
「對不起，在您面前做出彷彿只有我們三人的失禮行為。」
「沒關係，很有趣。」貴船祭神對十二神將中最強的紅蓮說：「你是來做什麼呢？十二神將的火將騰蛇。」
紅蓮放開合抱的雙臂，回答說：
「我是來替遲遲未來稟報歸來之事的小孩謝罪，順便來請教祢，對愛宕天狗族的動

向及異教法術，有沒有什麼了解？」

蟲聲嘶鳴。

「喂，安倍昌浩，你不覺得這樣靜靜傾聽蟲叫聲，也是件風雅的事嗎？」

停在高欄上的嵬𪕸起了眼睛。它後面的昌浩盯著搬到外廊上的六壬式盤的盤面，咳聲嘆氣的。

在他身旁有正襟危坐的颯峰，與悠悠哉哉靠著高欄盤腿而坐的伊吹。

回應烏鴉的是獨臂的高大天狗。

「是啊，看來異形烏鴉大人很懂得情趣呢！」

「哼，我是服侍道反大神的守護妖，而且是在『神之女』公主身旁長大的，當然少不了這樣的教養。」

「嗯、嗯，太好了。我們在異界的故鄉雖然單調，但平靜祥和，洋溢著幸福與滿足。遺憾的是，沒有像人界這種能唱出美麗音色的蟲。」

「哦，那多無聊啊！我家公主說春天有黃鶯出谷、夏天有蟬嘶、秋天有蟲鳴，可以感受到季節的變遷。」

「哦，多麼嫻雅啊！那麼，冬天呢？」

「她說冬天只能淒涼地看著無聲飄落的白雪紛飛……啞然無言的我，不知道怎麼安慰她，只能陪在她身旁！」

當時的懊惱與悲傷湧上心頭，嵬抖動身體，潸然淚下。

「天哪……！烏鴉大人，我不知道詳細情形，但是你的無奈，我伊吹完全可以感同身受！」

「天狗大人！你真是大好人！沒想到有像你這麼情深義重的天狗，過去的事我就不計較了。」

嵬說的「過去」，就是前幾天在飛往京城途中，愛宕天狗將它撞飛逃逸的事件。

「叫我『天狗大人』太見外了，請叫我伊吹，烏鴉大人。」

「那就叫我嵬吧。」

「那麼，嵬大人，可以交到你這樣的新朋友是我的榮幸，希望我們的友誼可以天長地久。」

「我也是，伊吹大人。」

昌浩半瞇起眼睛瞪著式盤，完全不理睬突然冒出友誼火花的天狗與烏鴉。

颯峰侷促不安地對他說：

「對不起，我伯父人很好，就是有點固執己見。為了救疾風公子，必須盡快解除異教法術，所以它非常著急。今晚我也阻攔過它，真的阻攔過，可是我伯父武功高強，我攔也攔不住……」

早上嚴重破壞板窗，被神將們訓了一頓，伊吹就先回去愛宕異境了。可是看到痛苦掙扎的疾風，忍不住又來了。

看著式盤的昌浩點點頭說：

「嗯，我知道，毫無進展是我的錯。」

「別這麼說，你一直很盡心盡力。」

「沒有結果，再怎麼盡心盡力也沒用。」

聽到昌浩的嘆息，颯峰急忙搖著頭說：

「沒這種事！絕對沒這種事，疾風公子也非常清楚。」

呼吸困難的疾風，一再交代要好好感謝陰陽師。

——颯峰……等我好起來，我想做一件事。

愛宕總領天狗的幼小獨子，用發燒夢囈般的語調說。

好、好，你要做什麼事？

——我要去找那個人類的公子，讓他看看我在天空飛的樣子，然後……

等我長大後，如果那位公子不會怕天狗，我就要用我的翅膀，帶他飛上美麗的天空。

「疾風公子……這麼……說……」

昌浩覺得話說得斷斷續續的颯峰語氣有點奇怪，就轉頭看它，頓時瞪大了眼睛。

颯峰居然喜極而泣，淚水從面具開洞的眼睛部位流出來，在臉上形成幾行淚痕。

「就……就這樣……那小小的身軀，現在還跟異教法術纏鬥著！我、我只能陪在它身邊，心急如焚，好不甘心……！」

在顫抖著肩膀緊握拳頭的颯峰身上，昌浩好像看到某個時候的自己。

人就在身旁，卻什麼也不能做，只能看著對方的生命一分一秒消逝。好幾次想叫對方：「不要死！」卻很怕說出這句話，等於是承認對方真的不行了。

「我會努力……不敢說絕對，但會盡我所能。」

颯峰邊用力擦乾淚水，邊連連點著頭。

「所以，不要動不動就哭。你不是對疾風說過『男兒有淚不輕彈』？」

「嗚……嗚……嗯、嗯，沒錯，我這個守護人應該成為它的典範，不該有不能讓它看見的狼狽模樣，不該有……」

颯峰吸吸鼻子，毅然抬起頭，淚濕的臉很快就乾了。

昌浩又低頭看式盤。

不知道為什麼，很想見到遠在伊勢的祖父。

晴明與昌浩都派人來報告伊勢事件，高龗神的心情終於好起來了。

回到京城後，昌浩原本記掛著這件事，卻因為天狗的騷動，早把貴船的事忘得一乾二淨了。幸好紅蓮有注意到，在神明惱怒之前，趕快來拜見。

據說，愛宕天狗供奉的是猿田彥大神。猿田彥是國津神，與天津神高龗神沒什麼往來。但是，身為人類的昌浩直接去找猿田彥，還不如請高龗神居中協調，事情會進行得比較順利。

紅蓮這麼想，貴船祭神卻一口回絕了紅蓮的小小願望。

雖然沒抱多大期待，但是被那樣斬釘截鐵地拒絕，還是有點沮喪。

坐在船形岩石上的神帶著冰冷的微笑，俯視著神將們。

「這次是天狗啊？安倍家的小孩還是一樣，每天的生活都很充實呢！」

聽到暗自竊笑的高龗神這麼說，紅蓮在嘴巴裡喃喃說著：

「昌浩也不想被捲進去啊。」

龍神的深藍色眼睛閃過厲光，天一和太裳都倒抽了一口氣。

「騰蛇，你有話要說就說呀！」

「沒有，我沒什麼要說。我區區十二神將的火將，再大膽也不敢僭越，把愚蠢的想法告訴貴船的祭神高龗神。」

太裳和天一都張口結舌，全身僵直。

紅蓮的這種態度與話語只能說是表面有禮，內心毫無誠意。

對名列日本前五名的貴船祭神講話這麼沒大沒小，簡直就是老虎嘴上拔毛。

紅蓮無視同袍們戰慄的眼神，雙臂合抱胸前。要解除天狗身上的異教法術，最快、最有效率的方法，就是使用比異教法術更強的法力。

天狗族居住的地方雖在愛宕山深處，卻是與人界隔離的異境。這個異教法師不但可以對它們最重要的總領兒子施法，還可以徹底啟動法術，可見本領十分高超。

要對住在異境的人下詛咒，連安倍晴明都很難做得到。

再次下定決心以晴明為目標，總有一天要超越晴明的昌浩，畢竟還不夠成熟，若輕易碰觸的話，很可能反而受到傷害。

所以他遲遲沒有決定策略，不放棄以危險性較低的正面攻擊來解除異教法術的方法。

然而，時間不多了。

那位名叫伊吹的天狗，現在雖然老了，還是擁有連颯峰都望塵莫及的強大妖力，是很可怕的天狗。

根據紅蓮的推測，愛宕的天狗們在陰曆九月底進攻京城時，伊吹沒有現身，只是因為獨臂還有年紀老邁，撤出了第一線。

要不是力量夠強大，即使有昌浩的允許，也不可能突破天空佈設的結界，輕易進入有晴明法術守護的安倍家。

小妖們說得好，安倍家固若金湯，自從佈下那片結界後，妖力再強大的妖魔鬼怪都進不了安倍家。

當時有十二神將在，卻還是差點要了昌浩的命。昌浩可以平安無事，是因為伊吹對他沒有殺機。

伊吹說話溫和，態度豪邁，紅蓮卻發現它有時會閃過銳利的眼神。如果昌浩表現得不夠積極，或輕忽解救疾風這件事，那隻天狗就會馬上壓制昌浩，用那隻獨臂把昌浩勒死。人類的脖子很細，被天狗像圓木般粗大的手臂勒住，會像枯枝一樣被扭斷死亡。

現身靠在柱子上的朱雀的視線、隱形待在屋頂上的勾陣的筆架叉劍尖，現在應該也都瞄準了伊吹。

紅蓮深深嘆口氣。

「打攪祢了，貴船的高龗神，天狗的事我們會自己解決，請忘了這件事。」

「喲，你是叫我不要妨礙你們嗎？」

面對神的尖銳質問，紅蓮更是高傲到目中無人。

「怎麼這麼說呢？我是覺得不該來打攪神的平靜。」

高龗神露出迷離的笑容，天一和太裳都嚇得心驚膽戰。

「等天狗的騷動落幕後，我會帶他來。他專注在一件事上，就會忽略那之外的所有事，不夠機靈。在我記憶中，貴船的高龗神不是那麼無情的人，應該不會命令他放下手上的事來謁見祢。」

紅蓮做個深呼吸，金色雙眸目光炯炯。

「如果我的記憶有錯，現在就糾正我吧？」

深藍色與金色雙眸的視線相撞擊，火花劇烈四射。太裳臉色慘白，他身旁的天一好像也快昏倒了。

面對神將肅殺的目光，神半晌後瞇起了眼睛，微微顫抖著肩膀，張開紅色的嘴唇說：

「真佩服你，居然敢報復神。」

紅蓮挑動了一邊眉毛，什麼也沒說。

太裳訝異地發問：

「什麼報復……？」

高龗神抿嘴一笑。

「你們去伊勢前，我就知道真相了，卻沒有告訴晴明，他記恨到現在。」

神將們滿臉驚訝地看著火將。紅蓮默不作聲，沒有否認。

高龗神戲謔地說：

「敢正面向我高淤挑戰的人，只有你跟那個自以為了不起的冥官，真是痛快啊！」

聽到不想聽的名字，十二神將中最強的男人半瞇起了眼睛。被拿來跟那種人相提並論，讓他非常不愉快。

「貴船祭神高龗神，這世上有該說與不該說的話。」

「叫我高淤。」貴船祭神立刻做出回應，露出可怕的笑容。「看來你是豁出去了？騰蛇，就是要這樣才好玩。」

差點破口大罵的紅蓮，忽然眨了一下眼睛問：

「高龗神，你剛才說什麼……」

「你們的事都辦完了吧？那就走吧，十二神將們。」

無聲地起身後，神的肢體被銀白色磷光包圍，飄浮起來。

「對住在異境的天狗施放異教法術的術士啊？真的有人類做得到嗎……」

說完這句話，高龗神的身影就消失在黑夜中了。

紅蓮拉下臉來，心想祂就是不肯說第二次嗎？

「可惡的高淤神……」

低聲咒罵的紅蓮苦笑起來。看來經歷種種困境，最後會下定決心豁出去的人不只昌浩一個，只是他跟昌浩一樣，不怎麼有自覺。

紅蓮無奈聳著肩，在他身旁的天一一陣暈眩站不穩，太裳急忙扶住她。

「騰蛇……你對高龗神說話太失禮了……」

面對太裳露骨的苛責視線，紅蓮傲慢地說：

「我已經盡全力做到不失禮了。」

他沒說謊。他有太多話要說，都硬生生吞下去了，這是他做得到的最高禮儀。不能否認的是，語氣有點不友善。

天一在太裳的扶持下重新站好，把肺裡的氣都吐光般喘口大氣。

「拜託你，不要做出扯晴明後腿的事。」

「我自有分際……總之，我會妥善處理。」

看到這樣的紅蓮，太裳有點驚訝，沒想到短時間不見，紅蓮給人的印象會有這麼大的改變。以前的騰蛇不會這樣應對，會立刻轉身回去異界。

紅蓮吸口氣，變成小怪的模樣。

天一和太裳都下意識地放鬆了心情。騰蛇的神氣完全被隱藏，抹不去的壓迫感終於消失了。

小怪甩甩白色尾巴，忽然想起來似的詢問朱雀：

「對了，朱雀的復元好像特別慢，為什麼？」

強大的力量僅次於鬥將的朱雀怎麼會比白虎和天后復元得慢，小怪怎麼樣都想不通。

天一淡淡一笑。

「因為在昌浩回來之前，他接到晴明大人的召喚，去了伊勢……」

過度使用通天力量的結果，就是在回到異界的同時，倒在天一懷裡，昏迷了好幾天。

小怪啞然失色，它第一次聽到這件事。

返回京城後，它立刻去異界歸還筆架叉，但它是直接去找發狂的勾陣，辦完事就匆匆下了人界，沒有遇到其他同袍。

沒想到還有這麼一件事。

太裳苦笑著對甩動耳朵的小怪說：

「玄武也跟著被召喚的朱雀去了伊勢，滯留在那裡。」

「什麼？」

難怪都沒見到他。

「原來是這樣。」

陪朱雀去，起碼有個藉口，晴明應該不會責罵他擅自行動，只會和藹地笑著說：

「真拿你沒辦法。」

玄武去那裡不是為了做什麼，只是想陪在晴明身旁。

「還有，幾天前完全復元的青龍，也悶不吭聲就去了伊勢，還留在那裡。」

「哦。」

對這件事反應不大的小怪半瞇起眼睛，用後腳搔搔脖子一帶。

太裳張大眼睛看著小怪的動作。面對那樣的視線，小怪心想：「啊，好久沒看到這麼驚訝的表情了。」好像這件事與自己無關。

這樣搔脖子搔了一會後，小怪猛然站起來。

「我該去找昌浩，轉告神說的話了。」

太裳與天一訝異地互望一眼。小怪側身往後看，對他們回眸一笑。

「那個神說了那麼多，其實還是很關心昌浩。」

5

大約快丑時了吧？

昌浩看著星星，嘆了口氣。

嵬還是一樣，把外褂拉過去，堆成自己的被窩，躲在裡面。

天狗們被朱雀曉以大義，暫時先回愛宕了。不過，從伊吹臨去前的言行來看，它是卯足了勁準備天亮再來。

「咦，小怪跑去哪裡了？」

他這時才發現，到處都看不到小怪的身影。

小怪的原貌是十二神將火將騰蛇。最強、最兇的他，操縱著可以燒光所有生物的地獄之火。雖然找不到他，但也不必擔心他會遇上什麼危險。

在星空下咔啦咔啦轉著六式壬盤的昌浩，察覺有人把外褂披在他肩上。抬頭一看，是現身的神將勾陣。

「謝謝。」

「快進屋裡吧，不要感冒了。」

「嗯，沒關係，外面涼快，頭腦比較清醒。」

勾陣和靠著柱子合抱雙臂的朱雀都笑了起來。

昌浩嘴巴這麼說，其實是不想吵醒睡著的嵬。他對小東西就是這麼好，其實一點聲音根本吵不醒它。

昌浩看著式盤，嘆了一口氣。

他在占卜的是解除異教法術的關鍵所在。真要說起來，最快的方法是找到施法的異教法師。這一點昌浩也很清楚，可是從一開始，這個選擇就被排除了。

若是貿然攻擊異教法師，法術很可能暴衝。現在的疾風命在旦夕，萬一法術失控，可能在威力還沒消失，弱小的天狗就回天乏術了。

而且昌浩對異教法術不熟。在不了解的狀態下接觸一知半解的事，很可能發生預料之外的狀況。

「唉……乾脆我也去伊勢吧！」

昌浩垂頭喪氣地嘟囔著，朱雀抓了抓他的頭，動作有點粗魯，但他並不討厭。

任憑朱雀抓頭的昌浩眯起眼睛說：

「是不是已經到了呢……」

「應該到了。」

回答的是勾陣。朱雀在昌浩旁邊坐下來，笑著說：

「可以想像晴明是什麼表情。」

聽到這句有趣的話，昌浩也不由得笑開來。

我們想去伊勢，所以拜託你請風將帶我們去。

昌浩和小怪在腦裡反覆思考小妖們說的這句話，然後關心地問：

你們知道伊勢是什麼地方嗎？

小妖們用力點著頭說：

就是晴明和小姐現在去的地方，有座神宮，從很久以前就很出名，妖魔們都垂涎三尺，但很難有機會進去。

說得沒錯，的確是這樣，只是有個很大的誤解。

妖魔應該不是沒有機會進去，而是進去後就不能活著出來，所以沒有妖魔會笨到進去那個地方吧？

光是去伊勢國，不會有什麼問題。可是聽它們說的話，好像是興匆匆地要去伊勢神宮膜拜。

小妖進入供奉天照大御神的神域，再怎麼想都不可能沒事。

小妖們卻無視昌浩的顧慮，轉向小怪合掌請求。

拜託你，幫我們跟風將說。我們會乖乖聽話，儘可能不給他添麻煩。

被逼到無路可退的小怪想讓它們死心，就跟白虎說了。題外話，勾陣看到小怪那樣子，不禁感嘆它變得圓融許多，要是以前的它，早就把小妖們燒成灰了。

——什麼?!

這是白虎聽完後發出的尖叫聲。

在這世上活過漫長歲月，不會被微不足道的事嚇到的十二神將們，居然驚訝得啞然失言，小妖們算是完成了某種豐功偉業。

白虎邊撥開攀在他身上死皮賴臉拜託他的小妖們，邊送出風的訊息，徵詢晴明的意見。如果晴明說不可以，不管小妖們怎麼死纏爛打，他都會置之不理。

是的，因為離開太久，神將們都忘了安倍晴明這個男人的性格。

透過太陰了解風中的訊息後，晴明的回答完全出乎神將意料之外，他覺得很有趣，二話不說就同意了。

收到太陰的風，白虎與只能讀出風中訊息的神將們都差點跌倒。

沒錯，晴明就是這樣的人。身為他的式，居然忘了這種事，都要怪自己。

朱雀靠著柱子啞然無言，勾陣按著額頭仰天長嘆，白虎張口結舌、眼神迷離，小怪

背向大家垂頭喪氣。
看著神將們的模樣，一個人搞不清楚狀況的昌浩猛眨眼睛，不自覺地抱起了嵬。
就這樣，小妖們坐在白虎的肩上，意氣風發地去了伊勢。
那是在傍晚時刻。
神將送小妖，是前所未有的事，恐怕會流傳到後世。
白虎的風不會太快，小妖們應該可以邊欣賞下面的風景，邊來趟悠閒的空中之旅。
如果換成太陰的風，就會被震得頭昏腦脹。
想著想著，昌浩敲了一下式盤說：
「看著白虎飛向東方天際時，我想到了一件事。」
「哦？」
這麼應和的人是朱雀。勾陣靠在板窗上，默默看著它。
身旁朱雀背上的大劍閃過它的視野，那是火焰之刃。
「我想到有人比我、甚至比爺爺都更清楚異教法術。」
昌浩瞇起眼睛，站在它背後的勾陣問：
「你是說……？」
「嗯。」

點點頭側身往後看的昌浩，看的是在板窗前呼呼大睡的烏鴉。
光是這樣，兩名神將就知道它要說什麼了。
昌浩垂下視線喃喃說道：
「風音一定很清楚……」
曾經把安倍晴明逼上絕境的她，精通的應該不只正道，還包括魔道。否則，不可能自在地操縱那麼龐大的正道法術。
她不是陰陽師，但應該也知道正邪若失衡，很容易就崩潰了。這是使用看不見的力量的人必須學會的知識。
太過「陽」會被燒傷，太過「陰」會被擊潰；想取得強大的力量，就必須學會同等程度的魔道，還要磨練心性，不要陷入魔道。必須保持均衡，陰中帶陽，陽中帶陰，由黑白兩個勾玉畫成的太極圖，就是最佳代表。
現場一片沉默。每個神將腦中都縈繞著種種思緒：沉重、悲哀、傷痛與無奈。感覺是很遙遠的事，驀然回首，卻發現還不到一年。
昌浩嘆口氣，垂下頭。
「我想她應該很清楚，可是又怕會揭開她的舊傷。」
不只風音，也可能會揭開其他很多人的傷疤。

「所以還是算了……不要告訴小怪。」

昌浩笑著抬起頭，朱雀和勾陣都平靜地回答他：

「好。」

「知道了。」

骨碌骨碌轉動式盤的昌浩，把嘴巴抿成一條線，希望起碼可以占卜出能成為線索的卦。

「什麼都好……唔，異教法術、異教法術，要不然占卜出施放異教法術的異教法師的所在地點、方位也行，或是占卜出哪裡有記載異教法術的書。」

漸漸有了具體方向，能找到答案就好處理了。

朱雀和勾陣邊苦笑，邊看著這樣沉吟的昌浩。

不久前，他沾沾自喜地說自己長高了一點點，那張臉還有幾分稚氣，但這孩子真的逐漸長大了。

小怪在地板下聽著這段對話。

平常它都是從南側牆壁出入，今天心血來潮從西側牆壁進來，再從北棟後面沿著水池，斜斜穿過南棟下面回來。

保持小怪的模樣會完全隱藏神氣，再加上它怕被異形之類的東西纏住，把氣息也完全隱藏了，所以連同袍們都沒發現它。

它坐著用前腳抓撓耳朵附近，完全隱藏氣息，起身離開。

小怪沿著來時路往回走，跳過西牆，降落在西洞院大路之後，嘆了口氣。

「幹嘛這麼在意我的感覺嘛……」

它喃喃說著，甩了甩頭，在西洞院大路與土御門路口左轉。

從平常都跟昌浩一起跳的地方跳過去，一進入安倍家，勾陣與朱雀就發現了它的白色身影。昌浩還瞪著盤面，沒有發現。

喀噠喀噠快步走，正要爬上外廊前，昌浩突然大叫一聲：

「啊！」

小怪停下腳步，兩名神將也眨眼看著昌浩。

昌浩轉向朱雀與勾陣，興奮地說：

「跟疾風的異教法術同調的話，說不定可以找到異教法師的所在地！」

他想起以前京城颳起黃泉之風時，就是這樣找到了下落不明的內親王脩子。

思索著該怎麼做的他，一直在回想過去的種種事件，希望從中找到什麼好辦法。

昌浩的表情頓時亮了起來。

「力量那麼強大的術士，氣應該也很強，很容易追得到。好，總算有辦法了，太好了！」

昌浩緊握雙拳，感覺就像黑暗中出現了曙光。

從書中得來的知識也很重要，但最有用的還是有經驗做見證的經歷。

曾經難過、傷心、疼痛、差點喪命，真的經歷過太多太多的事，但每一件事都很值得，現在的昌浩打從心底這麼想。

朱雀與勾陣卻張大了眼睛瞪著口若懸河的昌浩。

昌浩說得沒錯，但他疏忽了一件很重要的事。

朱雀舉起一隻手開口說：

「昌浩，聽起來的確是好主意，但是……」

「咦，怎麼了？」

「不能那麼做，放棄吧！」

「我的意見跟他一樣。」

不只朱雀，連勾陣都表示反對。

「咦，為什麼？放心吧，我會比那時候更謹慎。啊……不過如果待在疾風身旁，成功率的確會比較大。」

「我說的不是這個……」

朱雀還來不及接下去，昌浩就猛然想起什麼似的搶先說：

「啊，對哦，不能把疾風從異境帶出來。不過回想起來，當時公主也不在我身旁呀，所以還是有可能做得到，我會盡力，不用擔心。」

等天亮後颯峰它們再來的話，就問它們可不可以把疾風帶來人界。即使不行，他也見過疾風，還記得異教法師的波動。

「終於可以給天狗們好消息了！」

白色小怪在喜形於色的昌浩身旁跳來跳去，齜牙咧嘴地說：

「你是白癡啊——！」

聲音大到震耳欲聾。

熟睡的烏鴉不知道發生什麼事，嚇得跳起來，啪答啪答拍著翅膀，用力把木門推開。

「敵人來襲嗎?!」

小怪骨碌轉身對烏鴉說：

「沒事，你去睡覺！」

嵬疑惑地歪著頭，把視線轉向鬥將中的一點紅，勾陣默默點頭。烏鴉茫然地瞇起眼睛，聳聳肩轉過身去，邊叨唸著「真是擾人清夢」，邊走回房間。朱雀看著它，無厘頭地想著應該是擾「鴉」清夢，而不是擾「人」清夢吧？

被小怪大吼大叫的昌浩，想到難得的好辦法被罵成白癡，當然不甘心。

他怒目橫眉地反駁：

「什麼嘛，不用一回來就罵人吧?!」

「我也不想罵你啊！誰叫你說那麼白癡的話！」

「什麼跟什麼嘛！你悶聲不響就不見了，我才擔心你呢！你應該先為這件事道歉吧?!」

「哦，是、是，真對不起！不過，我可是十二神將中最強的一個，今後請完全不用為我擔心！也不用為我想太多！」

「哈?!什麼話！你說我擔心你是想太多?!小怪，你還不是一天到晚對我嘮嘮叨叨，我又沒拜託你這麼做！」

「我也不想對你嘮嘮叨叨啊！還不是因為你常常失敗！老是驚險百出，教我怎麼看得下去！」

「那就不要看啊！而且，小怪，你也沒資格說我吧？你何止失敗，還……」

小怪瞬間屏住了氣息。

昌浩注意到它的反應，心頭一驚，趕緊吞下差點脫口而出的話。

「總……總之，幹嘛突然罵我白癡嘛！」

「因為白癡就是白癡，你連這點都不懂嗎？大白癡！」

丟下他們不管的話，很可能一直對罵下去，朱雀和勾陣只好介入。

「昌浩，到此為止、到此為止。」

「騰蛇，你說得有點過分了。」

雖然是你來我往的唇槍舌劍，也有點接近語言暴力了。

小怪輕蔑地傾斜著身子說：

「說白癡是白癡有什麼不對？就算撇開半吊子不談，還是白癡得教人頭昏腦脹！」

昌浩正要回罵怒氣沖沖的小怪時，被朱雀從後面摀住嘴往後拉。

「咿唔……」

「我了解你的心情，可是請克制、請克制。而且現在是晚上，你不怕把吉昌他們吵醒嗎？」

「……咿唔。」

朱雀放開不得不點頭的昌浩，心想應該也吵不醒他們吧。

昌浩可能不知道，其實以前常常發生這種騷動，吉昌他們只會想又來了，根本不會出來看。

成親和昌親在這個年紀，也做過不少驚天動地的事。

小怪壓抑語氣，對忿忿瞪著自己的昌浩說：

「你說要跟異教法術同調？」

「沒錯。」

「疾風是天狗。」

「我知道。」

火爆的對話持續著。兩名神將都繃緊神經，以防他們愈吵愈兇。

夕陽色的眼睛炯炯發亮。

「那是快害死天狗疾風的異教法術。」

「我知道，所以才這麼急啊！」

昌浩沒好氣地說，小怪無奈地嘆息。

「聽著……疾風雖是雛鳥，但畢竟也是天狗，生命力跟身為人類的你有天壤之別。你跟異教法術同調，等於是跟它同調。」

「是這樣沒錯，可是……啊！」

說到這裡，昌浩張大了眼睛。

「不管是異教法術或其他法術，都是對弱的一方比較有效。你試著跟疾風同調看

看，身為人類的你，遇上那種異教法術，兩三下就掛了。」

「……」

昌浩啞然失言，小怪淡淡接著說：

「這麼一來，異教法術達到最終目標，疾風就得救了。你實現了對天狗們的承諾，就萬萬歲了。愛宕天狗族重情義，絕對不會忘記你的大恩大德。而我們會因為保護不了主人交付的重要府邸與孫子，面子掃地。這樣你懂了嗎？大笨蛋。」

小怪的聲音平靜，卻說得很嚴重，字字句句都刺進昌浩的心，他消極地垂下頭，吭都不敢吭一聲。

勾陣看他可憐，出聲幫他。

「昌浩已經在反省了，你就放過他吧。」

小怪瞥一眼同袍，把嘴巴抿成一條直線。

經過一段時間的沉默，小怪才開口說：

「我了解你的焦慮，但是眼光不要那麼短淺。先想想那麼做會怎麼樣？會帶來什麼結果？想過後再說。」

必須在短時間內思考過所有可能性，若有陷入最糟狀態的機率，就要排除。

為了救某人而犧牲自己，只是自我滿足。要先保住自己的安全，再去保護對方、救對方。

昌浩默然點著頭，還是不敢抬頭。

光是心急，沒有想到那麼做的後果，難怪小怪、紅蓮會生氣。乍聽之下蠻橫無理的斥責，事實上再正確不過了。

小怪做了幾次深呼吸，安撫自己的情緒。

「高淤神有話要我轉告你。」

「咦？」昌浩咕噥一聲，抬起頭。

「祂說『對住在異境的天狗施放異教法術的術士啊？真的有人類做得到嗎……』。」

昌浩眨眨眼睛，吶吶地說：

「小怪……你去了貴船……？」

「是啊！」

小怪甩甩尾巴，抓抓脖子附近。

「你不會是替我去問候祂吧？」

從伊勢回來後，昌浩一直撥不出時間去問候那個神，想等天狗事件解決後再去。可是那是昌浩個人的事，要神配合就是傲慢。

神是神，可以傲慢，但人類不可以仿效。不管發生什麼事，禮數都要周全，隨時感謝神，這樣神才會給予協助。

「你說呢？」

小怪在身上抓來抓去裝糊塗。

昌浩的臉垮下來，低聲咕噥，嘴巴蠕動好一會後，才發出微弱到幾乎聽不見的囁嚅聲。

「……對不起……謝謝……」

小怪不領情地望向其他地方，甩甩尾巴說：

「好了，快睡吧！我知道你不想辜負天狗的期待，可是往死胡同裡鑽，只會把自己逼入絕境。」

想破頭也想不出辦法時，最好去睡個覺，讓腦袋放空。

陰陽師最強的武器，不是法術也不是知識，而是第六感直覺。不經意閃過的靈感，要比絞盡腦汁想出來的結論有用多了。

昌浩一直都是靠直覺，最近卻老是被思考束縛住。這樣反而會形成昌浩的阻礙，但是什麼都不想也很危險，所以就暫時讓他那樣。

陷入最糟狀況時，就會發生什麼事讓他領悟到不可以那樣。這就是上天的巧妙安排，不必貿然插手。在領悟之前，讓他煩惱到底。

這是教育孩子和孫子們的晴明，從自己的經驗導引出來的理論。
紅蓮與其他十二神將們一直看著晴明這麼做，現在晴明不在家，他們還是遵循這樣的做法。
昌浩緩緩站起來，默默向小怪低頭致意。
然後他輕輕拉開木門，小心地移動，以免吵醒蠻橫霸佔外褂的寃。
換好衣服，鑽進外褂裡，他就閉上了眼睛。
高龗神的話浮現在腦海。
——對住在異境的天狗施放異教法術的術士啊？真的有人類做得到嗎……
即使一段時間沒見，也不會忘記神莊嚴的聲音，那是帶點笑意、清脆響亮的言靈。深藍色的雙眸時而溫柔，時而狂烈、時而如水面般清澈。
高龗神是天津神，天狗供奉的猿田彥大神是國津神，而伊勢國的一之宮就是供奉猿田彥大神。
與白虎展開旅程，開開心心揮手道別的小妖們，閃過昌浩腦海。
施放異教法術的術士；力量足以跟異境天狗匹敵的人類。
有這種人嗎？
這究竟意味著什麼——

漫無邊際的昏沉思索，再加上疲勞，使昌浩很快陷入了沉睡中。

聽到規律的打鼾聲，勾陣才悄悄關上木門。

盤坐在外廊上的朱雀合抱雙臂，看著坐定不動的小怪背影。

勾陣走向同袍們，在朱雀的另一邊坐下來。

小怪沉默不語。

朱雀望著他的背影好一會，緩緩開口說：

「騰蛇，其實你很沮喪吧？」

飄動的耳朵抖了一下。勾陣接著對它說：

「那只是吵架說的話，你也知道吧？」

沉默。

朱雀與勾陣互看一眼。看樣子，它傷得很重。

已經入冬了，但離下雪還有段日子。不絕於耳的蟲鳴聲隨風飄散。

風徐徐吹著，拂過小怪的耳朵。看起來格外嬌小的背影，有著深深的哀愁。

當它恢復原貌時，比朱雀、勾陣都高大壯碩，現在卻顯得孤獨無助，原因不只是變成小怪的模樣。

過沒多久，小怪垂下了頭。

它知道激動的昌浩差點脫口而出的話是什麼，所以剎那間屏住了氣息。昌浩暗叫不好的表情，在它眼裡揮之不去。

「……」

「你還好吧？」

面對朱雀真心的關切，小怪難得說出了洩氣話。

「朱雀，只有我親身體驗過火焰之刃的威力。」

連朱雀都慢了半拍才回應它。

「哦，這……嗯，目前是。」

「我想永生永世都只有我。」

「唔……我也這麼期望。」

「可以老實說嗎？」

「請說……」

小怪依然垂著頭，沒有抑揚頓挫的聲音淡然回響。

「有種感覺，跟被刺中的當時不一樣，在事後逐漸蔓延開來……」

朱雀試著找話說，卻找不到恰當的話。

「……」

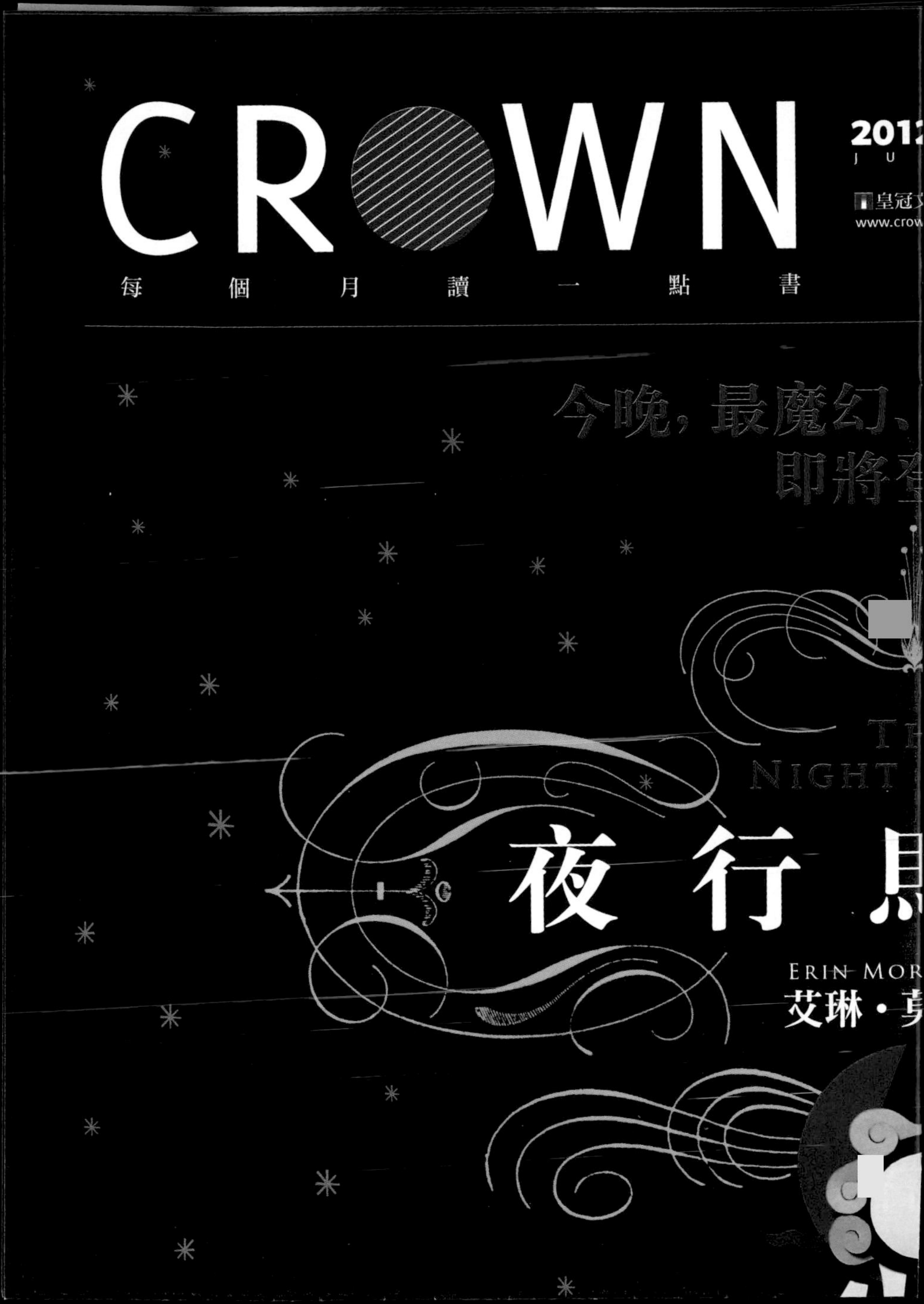
CROWN
每個月讀一點書
今晚，最魔幻、
夜行
艾琳·

2.07
Y

化集團
.com.tw

PAPER

欲知更多新書訊息，請上皇冠讀樂網

生 活 更 有 趣 。

最華麗的演出
登場!

IE
CIRCUS

馬戲團

GENSTERN
摩根斯坦

小怪甩了一下頭。

昌浩沒有錯。是它自己老放在心上、自我回想、自我沮喪、自我痛苦，全都是小怪自找苦吃，所以今後它也不會把這些情感攤在昌浩面前。

但是，獨自承受，還是有點殘酷。

肩負弒神使命的朱雀，也有跟紅蓮、小怪不同的痛楚。讓他背負這種痛楚的人就是紅蓮，所以小怪其實不該對他傾訴這種洩氣話。

但朱雀允許它說。一直保持著沉默的勾陣也是不管它說什麼，都會照單全收、接納它吧？

這就是同袍。

小怪現在才有深刻的體會。

6

好痛。
好熱。
好難過。

啊，好痛，痛得受不了。
好熱，熱得像被火灼燒。
好難過，這樣下去我不知道我會怎麼樣。

這一切都要怪他們。
是他們不好。
是他們的錯。

折磨他們、凌虐他們，有什麼不對？

＊　＊　＊

昌浩站在黑暗中。

像剛醒來般，他眨了眨眼睛，木然環視周遭。

「這是……哪裡？」

把手伸出去，也摸不到東西。只有深深籠罩的黑暗黏稠地纏繞全身，沉重得讓人不寒而慄。

拚命揮手想揮去黑暗的昌浩，無論再怎麼用力揮，都對沒有實體的東西產生不了作用。

昌浩皺起眉頭，低吟幾聲，拍掌兩次。

黑暗似乎淡化了一些，纏繞著身體的東西也忽地消失了。

但是過沒多久又回來了。

「這到底是什麼……」

感覺鬱悶、皮膚起雞皮疙瘩，好像有什麼東西窸窸窣窣地爬上來，昌浩不由得打了個寒顫。

好冷，愈來愈冷。

昌浩緊抱雙臂，用腳尖摸索著路，緩步前進。

「嗯……以前好像也經歷過幾次……」

他按著太陽穴，在記憶中搜索。

情境不太一樣，但的確有過突然出現在陌生地方的經驗。

這種狀況通常都是夢，只是夢與現實的界線是模糊的。在夢中被砍，醒來時也會受傷；在夢中被殺死，也會成為現實。

必須注意安全。陰陽師作的夢，性質跟一般人不同。

小心翼翼往前走的昌浩，腳步有些猶豫，滿腦子想著自己為什麼會來這種地方。

他一一回想睡前在腦中盤旋的思緒。

「對異境天狗施放異教法術的術士……」

真的有這樣的人嗎？不能斷然說沒有，但沒有相當的實力很難辦到。

對，要像安倍晴明那樣的人。

忽然，他停下了腳步。

沒錯，或是像那個厲害的陰陽師。

「他不會輕易現身吧……」

那個人說不定會知道與異教法術相關的什麼事，但恐怕不會這麼頻繁地出現在夢中。而且，於情於理都該去找祖父，而不是自己。

「不過，他一定不會去。」

昌浩不由得這麼想，嘆了一口氣。

因為他當時可能也不想出現在自己面前。

甩甩頭振作起來，昌浩再次跨出步伐。

這種夢都有意義。有時是睡前思考的事成為誘因，而在夢中看到象徵性的某種東西。現在毫無線索的他，希望可以從中得到什麼暗示，不管什麼都好。

解讀其中的意義，是陰陽師的工作。

直直往前走的昌浩聽到低吟般的聲音，往那裡望去。

黏稠的黑暗莫名地悶濕，明明沒有下雨，皮膚卻黏黏的，濕度很高。

好像梅雨季節，就是氣溫還好，但動不動就會心浮氣躁的那種感覺。

豎起耳朵，聽見了強弱相間的低囔聲陰森地傳過來，音色晦暗，光聽都覺得不舒服。

「是誰呢？」

昌浩嘟嘟囔囔地向前走。

總不會是施放異教法術的術士吧？

夢都有連結。難道是因為睡前想著疾風的事，所以來到術士的所在地？

昌浩小心前進，在黑暗中定睛凝視。若是在沒有自覺的狀態下被術士發現就危險了。

仔細聽那抑鬱不樂的低囔，像是咒歌般的言詞排列。

好痛。好熱。好難過。

啊，好痛，痛得受不了了。好熱，熱得像被火灼燒。好難過，這樣下去我不知道我會怎麼樣。

好像在極度痛苦中掙扎，聲音斷斷續續，很多地方都聽不清楚，但還是感覺得到可怕的意念捲起的漩渦。

「異教法師……」

昌浩這麼喃喃自語時，低囔聲戛然而止。

太詭異了，怎麼回事？

四周依然漆黑，看不清楚。

好像有東西微微移動了，然後，一種言語無法形容的感覺從昌浩的頸子滑過。

是異教法術的波動嗎？皮膚起了雞皮疙瘩，心跳加速，撲通撲通狂跳。

吹起了風，被硬擠出來般的風打在昌浩臉上。在看不清楚的視野前方好像有東西飄過。

他記得這種風突然動起來的感覺。沒錯，就是……

幾乎快想起來時，耳邊傳來強烈的聲響，打斷了思緒。

啪答啪答，是水形成水珠，從某處滴下來的聲音。

啪答。啪答。啪答。傳入耳裡的聲音，黏稠沉重。

拉長耳朵尋找聲音來源的昌浩，赫然驚覺聲音正逐漸靠近。

直覺告訴他不好了。

他慌忙結印，可是嘴巴一張開，就被從後面伸出來的手摀住了。

「……唔……！」

他驚愕地倒抽一口氣，往後面看。

急著甩開對方的手時，耳邊響起了輕聲細語。

「不要說話。」

瞠目結舌的昌浩往後看也看不清楚，因為太暗了。

摀住他嘴巴的手冰冰涼涼，留著長指甲。

昌浩眨眨眼睛，點頭表示配合。摀住嘴巴的手放開了，但隨即抓住了昌浩的左手臂，硬是把他拉走。

啪答啪答的聲音逐漸遠去。不知道是不是發現獵物逃走了，低嚷聲變得焦躁。

昌浩被拉著往前走，直到完全聽不見聲音。

不知道走了多久，直到眼睛稍微適應了，他才看見在黑暗中浮現的輪廓。

對方比自己高。細長手指還是抓著他的手臂，但似乎怕抓痛他，沒有太用力。

夢與夢殿相連。

看到披在背後的黑髮，他想到某人。

瞬間有點期待，但那是絕對不可能的事。

又走了很遠，對方才停下來，昌浩也跟著停下來。

仔細一看，好多螢火蟲般的磷光紛飛閃爍著。

對方放開昌浩的手，在朦朧的磷光下，回頭微微一笑。

啊！昌浩有些失望。心裡已經知道不可能，卻還是抱著期待。

「好久不見。」

聽到她的問候，昌浩笑著點點頭，笑容裡有著淡淡的落寞。

她看出他的落寞，好奇地問：

「你不會是希望可以見到誰吧？」

昌浩搖搖頭，想了一想，又點點頭。

「嗯，可是我知道不可能。而且，我見到想見的人了。」

緊繃的神經鬆懈下來了。睡前想的事，果然會反映在夢中。

「好久不見，風音。」

昌浩呼喚她的名字，她瞇起眼睛點點頭。

有飄浮的磷光，四周不是完全黑暗。

兩人相對而坐，昌浩盤起腿，嘆口氣。

那隻高傲的烏鴉，就是把這個風音擺在第一順位，不惜為她付出強烈的愛與忠誠。

她是半人半神，雙親是道反大神與道反女巫。年紀大約二十歲，長到腰間的頭髮沒有盤起來，就那樣披散著。

昌浩最後一次見到她，是侍女的裝扮，上身穿著層層單衣、外褂與唐服，下面是褲裙。眼前的她則是一身不常見的服裝，勉強來說，就是很像在畫卷、書籍裡看到的古老服裝。

她注意到昌浩好奇的目光，苦笑著說：

「因為這裡是夢……」

「那麼……這不是真正的風音，只是我內心認為風音是這樣的人，所以產生了這樣的幻象？」

她調皮地瞇起眼睛說：

「可能是真的，也可能不是。」

希望是。好不容易見到面，即使在夢中，也希望可以獲得打開這個僵局的什麼東西。

昌浩思索著該從哪裡說起時，風音開口了。

「半夜過後，白虎帶著小妖們來到了齋宮寮。」

「啊，嗯，沒錯，那些傢伙說什麼都要去……咦，妳是真的嘛！」

順利的話，帶著三隻小妖出門的白虎是會在半夜過後到達伊勢。

不由得叫出聲來的昌浩，想到自己本來就知道會在半夜過後到達伊勢，所以這個風音知道這件事，未必能證明她就是真的，好麻煩。

昌浩抱頭苦思。風音按著嘴巴，調皮地笑了起來。

「真的呢……跟六合說的反應一樣。」

胸口忽然舒暢起來。啊，這個風音是真的。

不知道為什麼會這麼想，就是有聲音在心中某處告訴他，的確是這樣。

昌浩端正坐姿。

「我想問妳一件事，可以嗎？」

風音平靜地點著頭。

「天狗的事，我都聽白虎說了。晴明大人也面有難色，看來情況不妙哦！」

「爺爺嗎……」

「他在伊勢還要待一段時間，沒辦法回京城。」

昌浩眨了眨眼睛。風音沒有做更詳細的說明，應該是現在不能說吧！

昌浩這麼想著，主動改變了話題。

「我正在想辦法，解除雛鳥天狗身上的異教法術。」

最好的辦法是解讀被施放的異教法術，讓法術失效。只要知道法術的結構，就可以輕易做到，然而那種法術多如牛毛，很難斷定。

風音與昌浩不同，是跪坐著。把雙手放在膝上的她，又爽朗地說：

「最簡單的辦法就是直接破除異教法術。」

昌浩乾笑著說：

「沒錯，那是最簡單的辦法，可是……」

做得到的話就不必煩惱了。

假如自己的靈力比對方強，就沒有問題。可是，從疾風的狀態與小怪激動的模樣來

看，那種可能性幾乎是零。

若貿然出手，很可能會反彈到自己身上，或提早結束疾風的生命。

最糟的狀況，也可能是昌浩與疾風同歸於盡。

這就是昌浩遲遲不敢採取行動的原因。沒有某種程度的勝算，不能隨便行動，而且不能只靠昌浩的判斷，還要神將們也認為沒有問題，不然絕對會被阻攔。

不過，要是昌浩堅持的話，神將們還是會遵從命令，但是他們說不定會把自己當成盾牌，傷得更嚴重。

他不希望這樣。

「施放在天狗身上的異教法術啊……有點像自作自受。」

昌浩疑惑地瞇起眼睛。

「為什麼？疾風又沒做什麼會被施放那種異教法術的壞事。他是出生沒多久的雛鳥，都還不能變成天狗的模樣……」

風音搖搖手，對喋喋不休的昌浩說：

「啊，對不起，我不是那個意思。所謂異教法術，如字面所示，就是正道教義之外的邪魔外道的方術，對吧？」

面對風音確認的目光，昌浩擺出稍等一下的姿態，按著太陽穴，閉上眼睛，把最近

努力累積的知識一股腦兒傾倒出來。
「呃，異教法術、異教法術……啊，妳說得沒錯。」
花了一些時間，總算想起了什麼。他覺得還不錯，有學到東西。
風音可能是聽白虎說過，昌浩除了實際演練外，也很注重書籍理論的學習，所以不慌不忙地等著昌浩的答案。
「就是邪魔外道使用的法術吧？那是脫離正道的人所走的魔道。」
「對，使用那種法術，又傳授給人類的就是天狗。」
「嗯……咦？」
昌浩反問。風音淡淡接著說：
「因為傳自天狗，所以稱為異教法術。天狗不是被稱為異教嗎？」
「這樣啊……」
「是啊，所以被自己傳授的異教法術折磨，可以說是自作自受。」
昌浩心想：
這個人怎麼連這種事都知道呢？不對，恐怕不是風音知道得多，而是自己不知道而已。
仔細想來，昌浩開始徹底研究天狗不過是最近的事。在這之前，他把全副精神都投注在陰陽道的基礎、正道、各種法術的結構，以及從大陸傳來的種種教義上。

不是昌浩怠惰，而是這條路的範圍太廣，若想熟悉每個領域，恐怕需要很久的時間。

風音似乎看出他在想什麼，瞇起眼睛說：

「你有沒有在聽？」

「有，我有在聽，對不起。」

風音皺起眉頭說：

「或許輪不到我來講，不過，昌浩，你的眼光可能有點短淺。」

「眼光？」

昌浩反問，風音點點頭接著說：

「因為你只看眼前……把注意力都集中在那裡，不是什麼壞事。但是，可以稍微退一步，從整體來看會更好。」

然後，她意有所指地說：

「你不是因為這樣而飽受折磨嗎？」

昌浩聽出她話中的意思，沉下臉來。

以前晴明對他說過的話浮現腦海。

——那麼，之後要跟她說清楚。

風音冷靜地看著昌浩。

昌浩忽然想起，這是他第一次在沒有其他人的地方，跟這個女人獨處交談。

過去發生過很多事，心中深處有條壕溝，但是若停滯在那裡，就前進不了，他不想再看到任何人傷心了。

不過，現在他也知道了，光那麼想是不行的。

雙親是道反大神與道反女巫的風音，目光依然是那麼平靜。

「只看著眼前的事，就會受到牽制。可能被從背後伸出來的手抓住，也可能被奪走最珍惜的東西。」

把注意力放在整體上，而不是某一點上，剛才說不定就能捕捉到風音靠近的氣息。

某天的晚上，他也是一心只想著尋找內親王脩子，反而沒能阻止隱藏在那事件背後的真正計畫

昌浩乍然垂下視線。

「以前爺爺也跟我說過……」

想說的話長期埋藏在心底，總有一天會以某種形式突然冒出來。

他抬頭看著風音，吊起眼角說：

「妳做得太絕了，很多很多事，都做得太絕了。」

風音瞇起了眼睛。

「我想忘也忘不了，偶爾還是會想起來。也常常激動得差點脫口而出，呃，還有……總之，妳真的做得很絕，我實在無法原諒妳。」

他盯著風音，暢所欲言。

「我想我不能原諒妳，永遠、永遠都不能原諒妳，可是……」

為什麼？好想哭，眼角發熱，胸口揪結起來。

原本不想原諒她，真的不能原諒她，可是……

每次說不能原諒時，心中浮現的都是小怪的身影，就是那個夕陽色眼眸帶點落寞的微笑身影。

神將們的心情應該也都還沒平靜下來，只是晴明已經原諒了，所以他們不會表露出來。不過，這也可能只是昌浩的想法，神將們想的完全是另外一回事。

默默聽著昌浩說的風音，呼地吁口氣。

「懺悔、贖罪說起來很容易，做起來卻很困難。」

而且她也知道，說得再多都沒有意義。

「如果你現在叫我去死，我就去死。如果可以讓你好過一點，我也願意讓騰蛇殺了我。」

然而，這麼做只會增加紅蓮的心理壓力，這樣就沒有意義了。

「陰陽師啊，也許有人會因為你說的話，選擇死亡、犯罪或陷入不幸。但是，不管你現在在這裡對我說什麼，都不會有罪。」

因為昌浩是陰陽師。

風音看著表情僵硬的昌浩，用更冷酷的聲音接著說：

「但是，你要小心，人若老是這樣被接二連三的種種事擊潰，就會墜落邪魔外道，成為魔鬼。」

兩人都沉默下來。

飄浮的磷光明滅閃動著，風音的臉在慘白亮光的照射下，看起來很像來自冥府的官吏。

現場安靜得教人害怕。

只聽得見心跳與呼吸聲，彷彿就要被沉默壓垮了。

不知道這樣過了多久。

昌浩平靜地開口說：

「被擊潰，墜入邪魔外道的話，會怎麼樣？」

隔了一會才有回應。

「會變成魔鬼、天狗。」

昌浩的心跳加速。

「也有修行者不是天生的天狗，只是因為偏離正道，走入魔道，而變成了天狗。天生的天狗，也不只一種系統。」

昌浩瞪大了眼睛，這些都是他不知道的事。

「現在跟你扯上關係的愛宕天狗是猿田彥大神的系統，應該不會危害人類，不過，我也不能保證。」

說到這裡，風音稍作停頓，露出深思的表情。

「最會操縱異教法術的是天狗，所以雛鳥天狗身上的異教法術，不見得是異教法師施放的。」

心臟撲通撲通狂跳。

貴船祭神的話在耳邊響起。

——真的有人類做得到嗎？

對異境的天狗施法，並且完美地啟動法術。擁有這種力量的異教法師，真的是人類嗎？

「還有，昌浩……」

風音又提起了另一個疑問。

昌浩聽完，瞠目結舌。

7

響起啪哩啪哩的巨大聲響。

昌浩猛然張開眼睛。

「怎麼了……？」

就在他跳起來轉身的同時，面對外廊的木門被豪邁地拉開，出現了巨大的獨臂天狗。

「不好意思，又衝得太猛了。」

「什麼?!」

昌浩發出難以形容的叫聲，慌忙衝到外廊上。

昨天被徹底破壞的板窗已經拆下來了，這次遭破壞的是環繞房間的外廊。

從損毀的地方，長出某人膝蓋以下的雙腿。

昌浩瞪大了眼睛。

「這不會是颯峰吧?!」

伊吹豪邁地笑著說：

「它怕我破壞外廊，挺身出來抵擋，就變成這樣了。哎呀，真是個輕率莽撞的傢伙。」

全身都是木屑的颯峰遲緩地爬起來，搖搖晃晃地轉過身。

「是……是誰害的！」

「就是嘛。」

昌浩用力點頭。不只板窗，連外廊都慘不忍睹。安倍家居然遭到兩次攻擊，小妖們一定會把「不敗神話瓦解」當成話題，傳遍京城。

走到外廊的小怪兩眼茫然。當它察覺時，天狗已經降落了，根本來不及阻止。

伊吹對啞然失言的昌浩說：

「不過你放心，看那裡。」

昌浩往那裡一看，有無數的木材從天空飛來。

獨臂天狗挺起胸膛，對張口結舌呆呆佇立的昌浩和小怪說：

「它們都有高超的手藝，材料當然也是我們出。沒事啦，一天就修好了。」

天狗以為這樣事情就解決了。

昌浩只覺得頭昏眼花。

一般人看不見天狗，卻看得見會飛的木材。現在全京城的人，一定都看著木材滿天

飛的景象。

忽然，拿著木材飛在天狗群最前面的天狗，視線與昌浩交接了。

因為戴著面具，看不見表情，但眼光給人嚴厲的感覺。

「那是……？」

拍去木屑的颯峰聽見昌浩的低喃聲。

「嗯？」

「那個帶頭的……」

颯峰往昌浩指的方向望去，露出明瞭的表情。

「啊，它叫飄舞，跟我一樣負責守護疾風公子。」

昌浩聽過「飄舞」這個名字。沒記錯的話，就是疾風被異教法師擄走時受傷的天狗。

聽說傷勢很嚴重，現在居然復元到可以出來人界了。

無數的天狗穿過天空佈設的結界，在庭院降落，把木材堆積起來。

跟在它後面的天狗們，腰間都掛著木工工具，它們就是天狗族的木匠。

那些道具都跟人類使用的一樣，只是外表有些不同。不過話說回來，只要目的與功能相同，就不會有多大的差別。

小怪從庭院看著開始修補的天狗們，忽然感覺到一股視線。

是那個帶頭的天狗，颯峰叫它「飄舞」。

「幹嘛？」

天狗沒有回應。小怪似乎看到藏在面具下的雙眸閃過厲光。

它全身的布衣都跟其他天狗一樣，只是隱約可以看見胸前綁著繃帶，那應該就是聽說的傷勢。

「你不用陪在疾風身旁嗎？」

飄舞沒說話，轉過身去。小怪很不高興地半瞇起了眼睛。

「我是關心你啊，那是什麼態度嘛。」

換好衣服的昌浩走到嘀嘀咕咕的小怪旁邊。

「喂，小怪。」

又有星星墜落，昌浩必須再請凶日假齋戒淨身，所以接下來幾天都可以不用去陰陽寮。

「疾風身上的法術，是異教法術吧？」

「應該是吧。」

昌浩坐下來，把手肘抵在膝上，雙手托住下巴。

「之前見到疾風時，的確有感覺到邪惡的力量，應該是異教法術沒錯。」

天狗們勤快地把木材刨成適當大小，昌浩邊漫不經心地盯著他們，邊思索著。

「難道不是異教法術嗎？」

「不知道。」

發號施令的是伊吹，站在它旁邊的飄舞不時投來尖銳的視線。

總覺得視線中帶著敵意。

昌浩刻意撇開視線，壓低嗓門說：

「好吧，就當作是異教法術，可是為什麼會選上疾風呢？」

「這個嘛……」小怪豎起前腳的一根爪子，才剛開口，就皺起了眉頭，猶豫不決地說：「因為……它比較弱小吧？」

「嗯，應該是吧。那為什麼要把它擄走？」

小怪訝異地抬頭看昌浩。像是盯著天狗們工作的昌浩，其實另有所思。

小怪看著他那模樣，半晌後才皺著眉頭問他：

「你發現什麼了？」

被這麼一問，昌浩沉吟幾聲，抬頭仰望天空。今天的風有點強，但天氣非常好。

「為什麼對疾風施放的是異教法術，而不是詛咒呢？」

「好過分的侮辱！飄舞在我們之中可是屬一屬二的高手！因為受傷，沒參加上次跟你們之間的戰爭，如果有它參戰，白色變形怪大人不可能毫髮無傷！」

颯峰說得慷慨激昂。小怪回他說：

「不，我還是受了傷。」

其實受傷還好，最嚴重的耗損是壓抑神氣作戰，只是沒必要詳細交代，所以小怪沒說出來。

血氣方剛的天狗怒不可遏。

「敵人不是不殺飄舞，是殺不了它！它受了傷還去追敵人，真想讓你們看看它從腹部到胸口的那道劍傷！」

小怪眨眨眼睛，表情有些疑惑，夕陽色眼睛骨碌轉動了一下。

昌浩低聲嘟囔著：

「也就是說，異教法師砍了那個高手天狗……」

這個異教法師，操縱著異教法術、可以闖入異境，力量強大到足以殺傷颯峰口中的高手戰士。

教人難以想像。

光是力量驚人的術士，多少可以想像，因為祖父晴明就是怪物。如果他在現場，絕

對可以展現不輸給天狗們的靈力。

但說到能不能闖入異境，恐怕就有點難度了。

以前，昌浩曾墜入魔道怪僧創造出來的異界作戰，但那個異界是為了把人質帶進去。人質要活著才是人質，所以只是進入異界的話，不會有生命危險。

而天狗的異境，是天狗們實際居住的地方。進入愛宕山的人類，可不能隨隨便便在那裡進進出出。

「喂，颯峰。」

「什麼事？」

「萬一有人誤闖天狗的異境，會怎麼樣？」

颯峰合抱雙臂說：

「不知道，運氣好被我們發現的話，就會把他送回人界。運氣不好，在那裡徘徊，就撐不過兩天。」

異境會削減人類的生命力。若長期接觸裡面的氣，精氣就會慢慢溶出體外，在不知不覺中死亡。

死去的人就在那裡逐漸腐朽，所以偶爾會在異境發現白骨。這時候，發現的天狗都會有些心痛，懊惱沒有早點發現。

天狗們並不想對人類怎麼樣，人類會誤闖異境只是某種巧合。人類卻認定是被天狗擄走，自己嚇自己。

「可是天狗也有很多種類吧？像你們愛宕天狗是供奉猿田彥大神，但我聽說也有不是的。會不會是那些天狗做過什麼壞事，與人類結仇？」

颯峰藏在面具下的表情，感覺變得嚴厲了。

「就算是，也不該怪到我們頭上啊！那些天狗供奉的神，連說出口都覺得可怕，怎麼可以把我們跟它們混為一談？聽了就氣！」

扯開嗓門的颯峰的激動模樣，引來飄舞的視線。昌浩覺得那股視線比剛才更犀利，縮起了脖子。

天狗憤怒地盯著這樣的陰陽師說：

「你到底想說什麼？是不是到現在還救不了疾風公子，想掩飾自己的無能？」

差點被颯峰的不客氣激得大叫起來的昌浩，勉強壓抑自己，做個深呼吸。

「我只是走投無路，回到最基本的想法而已。」

「最基本的想法？」

昌浩抬頭看著疑惑的颯峰，邊克制自己的語氣，邊在心中唸著平常心、平常心。

「先入為主的意識會蒙蔽眼睛，所以我只是一一過濾事實。」

「哦……」天狗佩服地說：「原來如此，也許你說得沒錯。」

「我再請教一件事。」

「嗯。」

「為什麼你們認為疾風中的是異教法術？」

颯峰抿住嘴巴，望向同袍。他看的是個頭不到高大的伊吹肩膀的飄舞。

「飄舞的博學無人能及。他看到在疾風公子身上擴散的壞死，就知道那是異教法術。」

看到闖入異境、擄走疾風的敵人的模樣，他更加肯定了。

「什麼意思？」

颯峰低頭看看坐著的昌浩，聲音僵硬地問：

「你知道『外法頭』的邪術嗎？陰陽師。」

昌浩屏住呼吸。

「對不起，我不清楚。」

小怪幫他回答：

「是異教法術，祭祀骷髏或熱騰騰的人頭來施行的邪法。」

颯峰點點頭。

「異教法師為了掩藏自己的真面目，會戴上用來當邪法道具的骷髏。」

「這……」

連小怪都張口結舌。

操縱「外法頭」的法師，毫無疑問就是異教法師。

「敵人使用的是『外法頭』，想當然耳就是操縱異教法術的異教法師。所以，疾風公子被施放的不是異教法術，還會是什麼?!」

怒氣沖沖的天狗在昌浩面前站定，語氣忽然變得冷淡。

「陰陽師，我們把最後希望寄託在你身上。但是當你辦不到時，我們會讓你用生命來補償。」

昌浩挺直了背脊。

天狗果然還是妖魔，不可以完全信任。

「我……」

「不要說了。」

昌浩正要回答，被小怪硬生生打斷了。

「說話小心點，愛宕天狗，不要太得寸進尺。他會答應你們採取行動，不是聽從你們的命令或屈服於你們的要脅，不要搞錯了。」

雖然是小怪模樣，散發出來的卻是最強兇將的氣魄。

颯峰默不作聲，轉身離開。

昌浩看著跑向伊吹和飄舞的颯峰，低聲嘟囔著：

「不是先入為主的意識啊……」

他嘆口氣，又陷入思考。在心中交織繚繞的「為什麼？總不會是……」的猜測，完全派不上用場。

小怪瞥他一眼，露出別有涵義的眼神。

「先入為主的意識會蒙蔽眼睛哦……」

昌浩半瞇著眼睛說：

「怎樣？」

「沒怎樣，只是在想你居然也會說得出這麼正經的話。」

「請說出你真正的想法。」

「很可疑，誰告訴你的？」

兩眼發直盯著天狗的昌浩坦率地說：

「是風音。」

「什麼？」

「去伊勢的白虎把所有事都告訴她了，她來夢裡見我。」

沒想到會冒出這個名字，小怪驚訝得嘴巴大張。

昌浩睡醒後的神情有異，小怪就猜到他睡著時一定發生了什麼事。

它還以為來的會是晴明，沒想到是跟著內親王留在伊勢的道反大神之女。

昨天昌浩說很清楚這種事的人就是她，但怕會揭開她的舊傷口，就作罷了。

不小心聽見時，小怪心中湧現難以形容的感覺，然而看這情形，對風音好像不必有太多的顧慮。

小怪甩甩頭，又心想不可能，她不可能沒有任何感覺。

風音應該是希望能提供協助，幫昌浩的忙，哪怕是一點小事都好。

她要像在道反跟自己相對那樣，與昌浩一對一交談，需要很大的勇氣。

小怪抓抓頭，嘆口氣。

昌浩不知道有沒有察覺小怪這麼想，又接著說：

「她問我，天狗們為什麼認為是異教法術？又為什麼認為是人類施放的？」

看起來深思熟慮的她說，她沒見過天狗，也可能是自己想太多了。

這句話彷彿一記悶棍，敲在昌浩頭上。

天狗說什麼，他就信什麼，親眼見到疾風時，也因為聽天狗說過，就認定是異教法

術，沒有絲毫的懷疑。
這麼一想，疑問就排山倒海而來，怎麼樣都揮不去奇怪的感覺。
然而，根據天狗的說法，一開始就有了明確的證據。
「一開始就該問清楚了。不過，既然有『外法頭』這樣的邪法，他們幹嘛不早說呢?!」
怒氣油然而生的昌浩，不知道自己從頭到底都在煩惱什麼。
所謂異教法術到底是什麼？就是連這點都沒搞清楚，才會浪費這麼多時間。
從現在起，他要徹底調查「外法頭」，與破除這個法術的方法。
「小怪，你既然知道外法頭，就早點說嘛。」
小怪滿臉意外地瞇起眼睛說：
「我不認為疾風被施放的是外法頭的邪術啊，跟我所知道的外法頭不一樣。我想天狗們也是這麼認為，要不然早就自己想辦法解決了。」
「咦，怎麼說？」
外法頭邪法，又名飯繩法、愛宕法。
原本是操縱生物或妖魔的使役法。
陰陽師操控生物或妖魔，用的也是使役法。差別是外法頭的邪法會徹底清除對方的

意識，把剩下的空殼當成傀儡。

昌浩張大眼睛嘆息。

「哦，那很像……縛、縛魔術呢！」

「縛魔術是縛魔術，跟使役法完全不一樣。」

「哦……是嗎？」

「當然是。」

小怪懶得理他，嘆口氣，轉身離開。

看著白色身影消失在建築物後面，昌浩吁口長氣，把肺全清空了。

「唉……」

聽完外法頭邪法的詳細內容後，昌浩腦中浮現的是縛魂術。

不知道是不是見到風音的緣故，他想起了很多事。

也可能是因為想從過去的種種經驗找到解決的線索。但他實在不想再挖開自己或任何人的心。

不過，疾風被施放的異教法術，再怎麼想都不是使役法，而是咒殺法。

颯峰一口咬定是異教法術。

是異教法師操縱外法頭的邪法，對疾風施放會致死的異教法術嗎？那麼，他的目的

是什麼？

「她特地來見我，我卻沒辦法靈活運用她告訴我的話，我好沒用……」

枉費她還刻意說些挑釁的話，提醒自己那麼多事。

綜合高淤神與風音說的話，昌浩原本猜測對疾風施法的不是異教法師，而是其他人。結果沒猜對，一切轉回原點。

天狗們忙碌地工作著，不時投向昌浩的刺人視線是它們煩躁的表現。

其中最可怕的，恐怕就是笑得最豪邁、看起來最優游自在的伊吹。

那個天狗總是滿臉笑容。藏在面具下的部分看不見，所以若只靠經常上揚的嘴角來判斷，就大錯特錯了。

它降落時表現得那麼失態，其實是在警告自己，它可以輕易突破祖父與天空佈下的結界，還可以輕易奪走昌浩家人的生命。

如果自己沒有下令不准傷害天狗，當時壓抑通天力量與天狗們交戰的神將們，會不會把天狗殺光呢？

昌浩的直覺是不會，因為天狗們會瘋狂地殺過來。神將並非不死之身，以寡敵眾，還是會受傷，而且對方又是擅長武術的魔怪。屬於國津神系統的妖魔，與居眾神之末的十二神將，哪邊比較佔優勢呢？

「喂，昌浩大人，可不可以來看一下？人類居住的房子，跟我們住的房子畢竟不一樣。」

伊吹轉身揮手，昌浩站起來。

「它們說，光是恢復原狀太單調了，可不可以加一點裝飾？」

天狗們看著昌浩。它們手中都拿著慣用的道具，摩拳擦掌地準備展現身為木匠的手藝與驕傲。

昌浩苦笑著說：

「只要在人類可接受的範圍內。」

對方是妖魔，是憎恨異教法師、充滿強烈憤怒的天狗，表現出來的情感未必是真的。

儘管如此，昌浩還是不習慣懷疑所有的事。

小怪進入生人勿近的森林，在高長的蔓草中，行動困難地尋找同袍。

「真是的，那傢伙也太不會掩飾了。」

小怪半眯著眼睛，嘴巴唸唸有詞，也不知道唸給誰聽。

我說過不用那麼顧慮我嘛！

森林深處，天空所在的地方冒出了幾道神氣。

小怪吃力地踏過高草，來到開闊的地方。

坐在岩石上的天空、靠在樹幹上的勾陣，以及坐在草上的朱雀與天一，都同時轉頭望向小怪。

「哦，你們都在。」

勾陣一把抓起走過來的小怪。

「你這樣子，很難在草裡面走吧？」

「很難，真的很難，可是也懶得每次都變回原貌。」

「對了，你可以把昌浩一個人丟在天狗那裡嗎？」

「沒關係，他們現在還不會殺昌浩。昌浩是他們救疾風的最後希望，所以他們不會輕舉妄動。」

然而那樣的想法，隨著日子、時間的流逝，愈來愈淡薄了。當願望不能實現、祈禱無法傳達，那樣的想法像絲繩般斷裂時，他們就會在轉瞬間變成暴徒。這麼一來，京城又會蒙受狂風的威脅。

到時候，也只能全力迎擊了。

聽著小怪與勾陣對話的天一悄悄站起來，向天空行個禮，婀娜多姿的身影就消失不見了。

用眼角餘光掃過天一的小怪喃喃叨唸著：
「我說沒關係啊！」
盤坐的朱雀露出大無畏的笑容說：
「我的天貴決定要去，不用問你該不該去。」
小怪不置可否地聳聳肩。
勾陣抓著小怪的前腳，拉長了它的上半身。它搖著又白又長的尾巴，伸出一隻前腳說：「勾，武器借一下。」
勾陣疑惑地皺起眉頭。
「幹嘛？」
「有點事。」
小怪揮揮一隻前腳，示意她快點借。勾陣嘆著氣，把小怪放下來，從腰間拔出一把筆架叉。
「拿去。」
「嗯。」
小怪接過筆架叉，直立站著，用兩隻前腳靈活地擺好架式。
朱雀好奇地看著手拿武器揮來揮去的小怪，閉著眼睛的天空也興致勃勃地看著它要

做什麼。

這樣揮了一會後，小怪低聲沉吟，看著劍尖。

「騰蛇，你在做什麼？」

站在它旁邊的勾陣手扠著腰，莫名其妙地低頭看著它。

抬頭看著鬥將一點紅的小怪，從她的腹部往胸部望過去。

「……從腹部往胸部砍啊……」

「你說什麼？」

勾陣聽不懂，滿臉疑惑。小怪沒理她，轉向朱雀說：

「朱雀，你比較了解劍，我想問你一件事。」

「我的劍跟一般劍的規格不一樣，不過……你問吧！」

朱雀的大劍連柄算進去，比身高還要長。

直立的小怪，用一隻前腳拿著筆架叉靠在肩上，舉起另一隻前腳，交互看著平常會使用武器的兩名同袍。

「譬如說……」

8

天狗們都忙著工作。

看著睡眠不足而猛打呵欠的昌浩，嵬舉起一隻翅膀說：

「安倍昌浩，我在這裡監工，你去休息吧！然後趕快找出救天狗孩子的辦法，再寫封新的信。」

其實嵬最想說的是最後那句話。

昌浩不敢告訴嵬昨晚風音在自己的夢中出現，只能乖乖聽它的話。伊吹已經跟嵬建立起超種族的友誼，應該不會趁他在睡夢中殺了他。

正想著這些時，隱形神將的神氣降落了。

那是天一隱藏的神氣。

昌浩安心地鑽進外褂裡。

修補門窗的喧噪聲當然傳到了父母的房間，但他們都沒有出來看。

聽哥哥們說，以前也發生過種種事，他們可能已經習慣了，不管非人魔境安倍家發生什麼事都不覺得奇怪了。也可能是父親儘可能不讓母親接近，因為母親沒有靈視能力。

對看不見的人，這是最好的做法。那麼，對看得太清楚的人，該怎麼做呢？
聽說祖母的靈視能力也很強，改天可以問問祖父。
閉著眼睛想這些事的昌浩，想著想著就湧上了濃濃睡意。

＊　＊　＊

好痛。
好熱。
好難過。

啊，好痛，痛得受不了。
好熱，熱得像被火灼燒。
好難過，這樣下去我不知道我會怎麼樣。

張開眼睛，周遭一片漆黑。
「又來了……」

昌浩拍拍額頭。他記得自己睡前什麼都沒想，因為想也沒用。

這次入夢的人會是誰呢？

漫無目的跨出步伐的他，在黑暗中徘徊。

⋯⋯

昌浩皺起了眉頭。他又聽見了那聲音，黏黏稠稠地攀繞在皮膚上。

好痛。好熱。好難過。

為了不被一再重複的聲音迷惑，昌浩自我克制。

那不是透過耳朵聽見的聲音。

昌浩用力拍打兩頰，振作起精神。

「嗯⋯⋯該不該醒來，不要睡了？」

嘆著氣喃喃自語的昌浩，好像聽見吐氣的聲音。

他停下來，環視周遭，依然烏漆抹黑，只是眼睛比較適應了。

逐漸看得見東西的形狀、輪廓了。

豎起耳朵，可以聽見微弱的呼吸聲。

感覺不像是昨晚在夢中遇見的東西。

緩步前進的昌浩，猛然停下了步伐。

腳尖好像碰到什麼東西，呼吸聲就是從那裡傳出來的。

他慢慢蹲下來，雙手著地，定睛凝視。

是個小東西，蜷縮成一團。

那樣蹲著好一會後，昌浩聽見虛弱的呻吟聲。

「……熱……」

昌浩瞪大眼睛，大叫起來：

「疾風？」

伸出去的手碰到異常發熱的小雛鳥的翅膀。他怕碰到壞死的那邊，趕緊把手縮回來。

雛鳥的脖子好像輕微動了一下。

「誰……颯……峰……嗎？還是……伊吹……？」

「都不是。你還記得我嗎？我是之前見過你的陰陽師。」

響起急促的呼吸聲。

「疾風？」

昌浩小心地伸出手，抱起小小的雛鳥。

雛鳥的身體起初有些緊繃，察覺到對方沒有敵意，馬上放鬆了。

「為什麼？……人類不是……不能進入……鄉裡嗎……」

語氣虛弱的疾風表示疑惑，昌浩回它說應該是不能。

「人類應該不能進入天狗異境，我也進不去，異教法師是怎麼進去的呢？」

是不是知道什麼特別的方法可以保護自己呢？還是有特別的護具？

忽然，昌浩想起還待在伊勢的沉默神將，他身上總是披著深色靈布。如果有那樣的道具，說不定就能潛入異境，不被天狗們發現。

疾風痛苦掙扎一會後，氣若游絲地說：

「啊……颯峰說過……你會幫我……解除異教法術……」

然後，他又用高燒夢囈般的聲音娓娓說著：

等我好了、復元了，我要跟颯峰、伊吹一起飛上天空。前幾天，我見到好久不見的伊吹，高大的它弓著背對我說：

——可憐啊、可憐啊，我這個老人活得這麼逍遙自在，為什麼你這孩子會這樣……

伊吹悲嘆地說願意代替疾風受罪，然而，不管它怎麼使用妖術，都解除不了疾風身上的異教法術。

聽完後，昌浩咬緊了嘴唇。以前他也曾下定決心，懇求祖父把詛咒轉移到自己身上。

他避開壞死的部分，輕輕撫摸疾風。雛鳥閉著眼睛，默默讓他撫摸。

這時候，昌浩又聽見那可怕的呻吟聲。

疾風的身體顫抖起來。

「……痛……好熱……難……過！」

聲音時強時弱，陰森地回響著。

昌浩察覺，那是異教法師的聲音。異教法術是配合這樣的聲音，給予疾風凌遲般的痛苦。

黑暗前方有東西蠢蠢欲動。黏度增強的風慢慢地、慢慢地吹向這裡。

昌浩抱著疾風往後退一步。

身體異常高熱的雛鳥被施放了異教法術。施法的術士就在這裡，現在就可以揭穿他的真面目。

心臟撲通撲通狂跳。齜牙咧嘴的小怪的目光閃過腦海。

昌浩知道，只要有點閃失，所有一切就會降臨在他身上。

但是，若是現在使用法術，配合對方的頻率……

就可以——

✖ ✖ ✖

額頭一陣刺痛，昌浩猛然張開眼睛，差點叫出聲來。

眼前是橫眉怒目的小怪的夕陽色眼睛，閃爍著憤怒的光芒。

「……」

昌浩覺得背後冒出冷汗。

小怪嚴厲地瞇起眼睛，望向昌浩頭頂的地方。

「幹得好，不愧是守護妖，做得太漂亮了。」

「哼，佩服吧？」

頭頂上響起烏鴉的聲音。

昌浩摸著額頭，皺起眉頭。

「很痛耶……」

眉間上方有被什麼刺中的疼痛。昌浩記得這樣的疼痛，跟昨天被烏嘴刺中的疼痛一樣。

小怪瞪著呻吟的昌浩，態度輕蔑地斜站著。

「啊？你說啥？」

像來地獄般的低沉聲音，把昌浩嚇得背後冷汗直流。

不知如何發洩怒氣的小怪斜瞪著昌浩。

「喂！你這個大笨蛋，想在夢裡幹什麼？」

「咦？沒、沒有。」

「陰陽師的夢，是夢也非夢，你知道吧？你應該知道吧？你根本就知道吧？我怎麼會把你教得這麼笨呢？讓我不得不一次又一次罵你笨。到底是哪裡出了問題讓你愈來愈笨呢？你這個大笨蛋！」

嚴厲的話語毫不留情地飛刺過來。

「我突然有種不祥的感覺，奔回來一看，果然被我猜中了。不管我怎麼搖，你都沒醒來。你這個大笨蛋，到底被什麼事困住了？」

昌浩心想，因為這樣就刺靠近要害的地方，會不會太暴力了？可是他沒有立場反駁，只能保持沉默。

這時候，有人介入喊暫停。

「等等，他的確很笨，可是你也罵太多次笨了，騰蛇。」

弓起一隻腳坐在小怪對面的勾陣，有點苛責的意味。合抱雙臂盤坐在她旁邊的朱雀也開口接著說：

「話有言靈，重複太多次了，說不定會成真，萬一他以後貿然行動的情況愈來愈嚴重怎麼辦？」

昌浩嚇得縮起來。

語氣最兇的是小怪，勾陣和朱雀只是說得比較委婉、溫和，內容沒差多少。

聽神將訓話是常有的事，但這回應該是第一次同時聽好幾個訓話。可見昌浩原本打算做的事有多危險，讓他們氣成這樣。

昌浩往外看，發現外面跟睡前差很多，一片寂靜。

看到昌浩驚訝的表情，勾陣笑著說：

「剛才颯峰來報告，已經順利完成了。」

「有我嚴格監工，沒什麼好擔心的。」

飛到外褂上的烏鴉挺起了胸膛。昌浩向它道謝：

「嗯，謝謝你。」

今晚應該可以回自己房間睡覺了。比想像中快多了，不愧是天狗引以為傲的本領。

「那麼，我要回那邊了，在不習慣的房間裡，還是沒辦法定下心來。」

以前哥哥還住在家裡時，昌浩常常來這個房間。可是哥哥結婚後，房間沒人住，昌浩就覺得房間變得有點冰冷，不想再進去了。

房裡多少還是有些東西。基本上，昌浩自己的東西都放在自己房間，其他家人也一樣，所以這個房間空空盪盪的，感覺比實際上更大、更淒涼。

昌浩把鋪被和外褂搬回自己房間，喘了一口氣。剛完工的板窗飄散著全新木材的香味，有種新鮮感。橫樑與柱子的色調不一樣，看起來有點刺眼，但幾年後應該就會看習慣了。

重做的板窗，乍看是一般常見的樣子，但仔細看，會發現格子的每根木頭上都有精緻的設計，雕刻著藤蔓圖案。走出去一看，外廊充分活用了木材的年輪，鋪成大海般的波浪模樣。

「天狗還真行呢……」

跟昌浩一樣完全修補完才進來看的神將們，也不由得讚嘆。

「好講究。」

「伊吹大人是懂得風雅的人，所以會精心設計低調的豪華，真的太棒了。愛宕天狗雖然是魔怪，但別有風格呢！」

嵬說得像是與有榮焉。

昌浩苦笑著走回房間，在一塵不染的地板坐下來。

再爬到角落的一疊書前，抽出幾本。

小怪看到昌浩啪啦啪啦默默翻閱的書，表情變得陰沉。
「喂，昌浩。」
昌浩翻閱的是記載反彈詛咒法的陰陽密傳書。
天狗被施放的是異教法術，無法靠正道應對。
「我知道啦，我只是想找方法處理被施放的詛咒，度過危險。」
一抬頭就撞上小怪嚴厲的眼神，昌浩張口結舌，很快撇開視線。
朱雀嘆口氣，開了第一炮。
「你真不會說謊，一看就看出來了。」
昌浩把嘴巴撇成ㄟ字形。
「你八成是想把異教法術轉向自己，多少分擔一點吧？」
「——」
昌浩沮喪地垂下頭，心想十二神將的直覺與觀察力怎麼都這麼敏銳呢？
其實不是神將們的直覺敏銳，而是昌浩的思考太直接，很容易看得出來，他自己卻沒有察覺。
昌浩服了他們，把書放在膝上說：
「那個施放異教法術的傢伙出現了。」

「我想也是。」小怪點點頭，看著嵬說：「它在你墜落夢與現實之間的狹縫時，及時抓住你，把你拉了上來。等一下你要好好謝謝它。」

在板窗前收起腳的嵬有了反應，把鳥嘴朝向他們。烏鴉蜷縮在從來沒見過的一尺四方的小鋪被上，當之無愧地說：

「我是道反大神的守護妖，那種事輕而易舉。」

道反大神是阻隔黃泉與人界的千引磐石，擁有捕捉被誘入的靈魂、遣回人界的力量。烏鴉是大神的眷族，也有相同的力量，只是沒那麼強大。

昌浩目不轉睛盯著烏鴉，心想原來它這麼厲害啊！

在場的所有人都不知道，這隻烏鴉其實有過輝煌的歷史。它曾撐著遍體鱗傷的身體，把黃泉怪物炸得粉碎，幫走投無路的風音逃過一劫。

對了，嵬佔為己有的小型鋪被，是擅長裁縫的天狗，在伊吹的指示下做出來的。這樣嵬就不必搶昌浩的外褂，可以安穩地休息了。

嵬在安倍家的居住環境愈來愈完整了。

昌浩闔上書，轉向神將們。

「我知道你們都很關心我，我先說聲對不起。」

「我不接受。」

小怪立刻先發制人，昌浩也不認輸，堅決地說：

「不，我還是要說對不起。我知道又會被你罵笨蛋，可是我真的沒辦法了，對不起，我要照我想的去做。」

而且，回想起來，成親不也叫我放手去做嗎？只要不超出能力範圍。

昌浩把書放回去，用繩子綁好頭髮，站起來。

「我要想辦法分散異教法術，也許會轉移到我身上，那就到時候再說吧！」

沉默不語的勾陣沉靜地開口了。

「昌浩。」

昌浩摀住耳朵。

「我知道，我都知道，可是我已經決定了。救疾風是當務之急，我會想好對策，儘可能不讓法術轉移到我身上，也會使用道具。」

他想起哭著求他救疾風的颯峰、說要飛上天空的疾風、修好板窗與外廊的天狗們、對他揮手的伊吹、瞪視他的飄舞。

在夢中，光碰觸到疾風，都可以感覺到異教法術的可怕。當昌浩把小小的雛鳥抱在懷裡時，真的很驚訝它還能活著。

好痛。好熱。好難過。全身異常發熱、壞死，最後四肢脫落的模樣，閃過昌浩腦海。這是本能給他的警告。身為陰陽師的直覺告訴他，貿然出手的下場就是這樣。
他其實很害怕。可是疾風也很害怕，它不可能沒有死亡的恐懼。
護符、念珠……啊，還有畫著五芒星的鏡子，都可以有效防止法術反彈回來。其他還有驅魔的薰香、避邪的玉等等，找到什麼就先準備什麼。
默默看著事情發展的天一有點猶豫地說：
「恕我僭越，昌浩大人。」
「對不起，我不聽了，我怕會動搖我的決心。謝謝各位，我會盡力。」
「請聽我說。」
天一著急地舉起一隻手，昌浩不敢看她，一副就要衝出去的樣子。
朱雀站了起來，抓起昌浩的衣領。
「無可取代的天貴要說話，你給我乖乖聽著。」
那目光和語氣都比剛醒來時強勢許多，昌浩被逼得猛點頭。
被放在天一面前的昌浩跪坐著，擺好聽訓的姿態。
外表溫柔婉約的女孩，看同袍們一眼後開口說：
「如果是晴明大人，做法應該不太一樣。」
「我知道……爺爺一定可以處理得很漂亮。」

看到昌浩沮喪的樣子，天一慌忙補充說明：

「我不是在責備你，只是想告訴你，說不定有其他辦法，會比你現在想到的方法更有效率……」

昌浩把眼珠子往上吊看著天一，其他神將也在視野內紛紛點頭表示贊同。

「譬如什麼辦法？」

暫時拋開堅持與自尊的昌浩率直地問。

回答的是小怪。

「你這小子，真的是專注在書籍理論上，就顧不得現實，漏洞百出。是不是到這種地步，乾脆豁出去了？」

夕陽色的眼眸失望到了極點，勾陣也點頭附和。

朱雀默默舉起右手，對著還抓不到要領的昌浩橫掃過去。

那個動作很眼熟。昌浩眨眨眼睛，彷彿在眼底看到火花。

一道閃光劃過霧濛濛的大腦。先入為主的意識。只看到眼前的事物。最好可以退一步，綜觀全局。

勾陣總是後退一步，觀看大局。

那是在遇見她之前的事。

他曾經把詛咒反彈回去，當時是怎麼做的？

不管是詛咒或異教法術，都有最有效的方法吧？可以把被詛咒的人從痛苦中救出來，自己也不會有生命危險的解決方法。

「啊……」

昌浩張大了眼睛。

自己確實有先入為主的意識，滿腦子想著「是天狗」、是「異教法術」。所謂回歸最基本的想法，是包括這些在內的所有事。

「啊……！」昌浩抱著頭呻吟：「我是笨蛋。」

「沒錯，你是笨蛋，終於有自覺了。」

「小怪，你好差勁。不過，我真的很笨。」

小怪拍著額頭，誇張地大嘆一口氣。

「我一直在等你什麼時候會發現，好幾次都差點說出口，強壓下來。」

「那就早點說啊！這件事可是攸關人命……不對，是攸關天狗命！」

小怪的雙眼頓時一片死寂。

「你寧可我說出來嗎？」

昌浩自己會思考。

小怪並不認為捨棄這樣的成長必要過程，隨時把答案拋在他眼前，就是對他好。那麼做，只會壓抑他的成長，縮小他的可能性。

「……」

昌浩緊緊抿著嘴。

他覺得很生氣，已經很久沒有氣到這樣了。

不是氣小怪，是氣自己。神將們徹底相信他，他卻有違神將們的期待，最後才被迫說出了那樣的話。

他拍拍兩頰，重新振作起來。朱雀抿嘴一笑說：

「喲，我還以為你需要我的巴掌呢！」

「不需要，你的巴掌很痛。」

小怪問正要起身的昌浩：

「那麼，你決定怎麼做？」

昌浩毅然抬起頭說：

「把異教法術轉移到替身上面，再把承接法術的替身當成誘餌，等異教法師現身，就把他團團圍住，一舉殲滅。」

整句話一氣呵成，小怪滿意地瞇起眼睛。

「說得好。」

這時候，龍捲風像炮彈般直衝而下。

在龍捲風撞擊房屋之前，天空加強了結界的韌度。

風壓落在板窗上，精雕細琢的木框深深向內凹陷。

大家都以為會被摧毀，沒想到天狗做成的板窗那麼堅固，都凹陷到那種程度了，還可以撐過去，又恢復原形。

昌浩衝出外廊。

乘風而來的是劍已經出鞘的飄舞、稍後降落的颯峰，還有獨臂伊吹。

飄舞把劍尖對準昌浩，威脅他說：

「我們不能再等了。沒用的人類，由你來替疾風公子承擔法術，去當異教法師的誘餌！」

藏在面具下的雙眼投射出酷烈的光芒。

昌浩毅然面對它的視線。

「我拒絕。」

「混帳！」

颯峰正要阻止吼叫的飄舞時，被伊吹拉住手往後拖。

「伯父?!」

獨臂天狗抓著驚慌失色的姪子，淡然一笑。

「看著吧！颯峰，看看人類這樣的生物，明知心事都會寫在臉上，卻還是堅持把臉露出來。」

帶著疑惑照做的颯峰赫然倒抽了一口氣。

「我覺得他們很愚蠢，可是遮住那雙眼睛，只會讓他們更無趣。」全身纏繞著妖氣的高大天狗挑釁地說：「對吧？掌管正邪與是非的陰陽師。」

9

燈台的火焰搖曳著。

那是神將朱雀點燃的火焰。

他說會在這根蠟燭燃盡之前回來。

天一注視著搖晃的火焰，靠在柱子上的勾陣對她說：

「妳看起來心情不太好呢，既然這樣，怎麼不跟他一起去？」

天一搖搖頭說：

「不能保證異教法術絕對不會波及這裡。」

天狗不是一般妖魔，而是與神一脈相連的魔怪，那個異教法師卻可以奪走它們的生命，力量如此強大，一定可以馬上找出企圖阻攔他的陰陽師。

昌浩有紅蓮與朱雀跟著，生命不會有危險。但也因為這樣，他周遭的人更有可能受到牽連。

兩人判斷，除了已經搬出去的成親和昌親外，與昌浩住在在一起的吉昌他們還是需要保護。

勾陣苦笑著說：

「如果天空和天一的結界被突破，十二神將會名譽掃地，沒臉見晴明。」

天一只是嫻靜地微笑著。天一和天空都擅長防禦，卻沒有戰鬥力。有十二神將的第二強者留下來，讓她安心許多。

「還說我呢，勾陣，其實妳更想跟昌浩大人一起去吧？」

被同袍看穿想法，勾陣縮起了肩膀。

的確是那樣沒錯，勾陣卻言不由衷地說：

「跟去三個監護人，被天狗貶成那樣的陰陽師會很沒面子。」

天一啞然失笑，心想果然像勾陣會說的話。

昌浩他們跟天狗離開後，已經過了一個時辰左右。

昌浩他們與三名天狗降落在愛宕山頂時，剛好進入戌時。

初冬的天空，太陽隱沒得早，再加上山風比京城的風冷好幾倍，很快就讓人覺得快凍僵了。

昌浩把坐在肩上的小怪圍在脖子上，環視周遭。

這是他第一次來愛宕山。山頂上建有愛宕神社，守護著京城西方。

經過神社附近時，昌浩拜託颯峰讓他下去一下。

愛宕神社是以驅除病魔、瘟神與火災聞名。

在神社前面遵循禮法雙掌合十的昌浩，打從心底祈禱。

天狗們與朱雀在鳥居外面看著他，飄舞態度輕蔑地斜站著，刻薄地說：

「現在分秒必爭，他還這麼悠哉！」

「這是驅除病魔的神，他是去向神祈禱，求神協助他驅除異教法術吧！」

朱雀替昌浩解釋。飄舞冷冷地說：

「疾風公子是中了異教法術，不是生病。」

輕聲嘆息的朱雀說：

「人類到最後關頭時，就會求神保佑。」

愛宕神社供奉著很多神，軻遇突智的名字也在其中。雖然沒來過，但昌浩應該知道。

昌浩虔誠地合掌祈禱，朱雀彷彿看到種種思緒在他背部來來去去，百感交集地注視著他。

「哼，天狗是魔怪，神哪裡會幫我們。」

被稱為天狗族第一高手的男人，藏在面具下的臉應該滿是侮蔑，雖然看不見，但感覺得出來，從他的語氣和態度也能清楚感受得到。

據說，愛宕天狗族是屬於國津神猿田彥大神的系統。軻遇突智的確是天津神，與天狗沒什關係，但朱雀還是覺得他不該說那種藐視神的話。

拍掌結束祈禱後，昌浩趴躂趴躂跑回來。

「對不起，走吧！」

飄舞先一步飛上了天。颯峰從後面抱著昌浩飛起來，伊吹也把朱雀掛在獨臂上往上飛。

被圍在昌浩脖子上的小怪不甘願地瞪著黑暗。因為怕摔下去，它用兩隻前腳抓著尾巴，可是被風吹得抓不穩時，差點把昌浩勒死。

「小怪，我呼吸有點困難。」

「那就不要把我圍在脖子上！」

小怪破口大罵。昌浩皮皮地說：

「不要，會冷。」

「你……」

昌浩不理吼叫的小怪，注視著山間。

通往天狗異境的狹縫之門到底在哪裡呢？

肉眼看不見的那扇門，據說只有天狗打得開。

偶爾會有人類誤闖異境，都不是經過門，而是在種種因緣際會下，兩個世界重疊在一起的時候。

「聽說起濃霧時，兩個世界就會重疊相通。」

聽完伊吹的話，朱雀就指著下方說：

「像那樣嗎？」

所有人都張大了眼睛。

連綿起伏的山峰上，彌漫著白色的東西。

上空吹著強風，沒有半朵雲，靈山愛宕卻開始了兩個世界的曖昧結合。

颯峰咂咂舌說：

「不好了，先下去吧！」

「颯峰？」

飛在前面的飄舞往後看一眼，懊惱地飛下來。颯峰和伊吹也跟著飛下來，降落在還沒起霧的山間。

「門在這裡嗎？」

昌浩問。颯峰搖著頭說：

「那些霧與我們無關，被捲入霧裡的話，連我們都會迷路出不來。」

遇到靈山的霧，連天狗都會迷路。

昌浩從衣服外按住胸口。

他的脖子上隨時戴著香包與出雲石。香包幾乎沒有味道了，但他還是不想扔掉。出雲石是他不可缺少的東西，少了出雲石，他就看不見非人之物。

風颼地吹過，視野瞬間被白霧淹沒。

小怪跳下來，環視周遭。

「不用天狗的龍捲風把霧吹走嗎？」

與他們保持一段距離的飄舞瞥小怪一眼說：

「沒有你們，我們大可輕輕鬆鬆回到鄉裡，你們這些包袱少廢話！」

颯峰趕緊出聲喝止冷冷放話的飄舞，還解釋了一長串。

「飄舞！對不起，變形怪大人，飄舞只是有點浮躁，它很懊惱自己沒有好好保護疾風公子……」

小怪甩甩尾巴。朱雀單腳蹲下。

——騰蛇，那個天狗……

——我討厭它。

兩名火將的視線彼此交會。

飄舞總是把手放在腰間佩劍的劍柄上，那股視線好像在窺伺他們的破綻。

「有我們在，就不能輕鬆回去嗎？」

昌浩問。伊吹沉吟地說：

「也不是不行……只是穿過白霧的話，人類會在瞬間失去體力，我們也不知道為什麼。」

按理說，人類不可以進入天狗的居住地。異境的風會侵蝕人類的身體，誤闖的人會在不知情的狀態下倒地身亡。

「除非是總領大人邀請來的人……否則，待一個時辰是最大極限了，陰陽師大人。」

「超過會怎麼樣？」

伊吹淡淡一笑，是那種困惑的笑。

「這個嘛……據我所知，不曾有人類未經允許，逾時留在我們鄉裡。」

昌浩沉默不語，心想這樣就麻煩了。

颯峰發現昌浩好像想什麼想得入了神。

「昌浩，你怎麼了？」

「我在想……該怎麼做。」小怪看朱雀一眼，小心翼翼地說：「呃，我想應該不可能……但還是問一下，可以把疾風帶來這裡嗎？」

飄舞瞪著昌浩。如果視線可以殺人，昌浩恐怕已經重傷不治了。

颯峰和伊吹也大驚失色。

「你說什麼？」

「為什麼要帶它來？」

小怪和朱雀飄散出來的氣氛變得尖銳。

夾在他們之間的昌浩有點後悔，心想不好了，火將會不會動不動就打架呢？

平常有勾陣在，昌浩不太會想這種事，不過只有紅蓮在時，好像會特別表現出火將的好戰。有時在某些場合，勾陣也會率先加入戰局，但是她給人的印象，還是比較偏向會後退一步，冷靜地勸阻同袍們。

這次同行的朱雀，是除了鬥將以外，擁有最強靈力的神將。但昌浩要的不是他的靈力，而是他的火焰特性。

朱雀的火焰帶有強烈的淨化色彩。紅蓮的火焰也有淨化功能，但會燒光生命萬物，使一切歸於零，因為太過劇烈，總是引發爭議。

昌浩認為，要徹底消滅疾風被施放的異教法術，最好的辦法就是靠火焰淨化。

「要有疾風的隨身物件，才能製作替身。」
在替身上面寫名字，吹三口氣，替身就會產生靈魂。但光是這樣，不能保證可以將異教法術完全轉移。要做得更確實，還是需要隨身物件。
「被當成心靈寄託的東西，最適合用來轉移他身上的異教法術，譬如壞死部分的羽毛、長期佩戴的飾物或用具。」
颯峰看看飄舞。悶不吭聲轉過身去的飄舞，還是對人類陰陽師抱持著敵意。
它會這麼生氣，是因為過了這麼久，昌浩都沒有做出成果。
天狗的態度很不友善，但昌浩認為錯在自己眼光太過短淺、猶豫不決，所以沒有資格辯解。如果早點想到的話，疾風就不必承受這麼大的痛苦。
霧愈來愈濃，稍微拉開一點距離就會看不見彼此。
小怪有些慌張，視野白茫茫一片，連旁邊的同袍都看不清楚。
「昌浩，你在吧？」
「在，我沒事。」
有東西在晃動，像是揮動的手。小怪仰賴的是感覺，而不是眼睛。
在昌浩旁邊的應該是颯峰和伊吹。天狗的氣息明顯不同，很容易辨認。
旁邊的朱雀動了起來。風聲颼颼。

原本有段距離的天狗氣息，忽然以飛快的速度衝向了昌浩。一道神氣搶先一步介入。天狗蹬地而起，飛過朱雀頭上，眼看著揮起的大劍就要刺中天狗，卻晚了那麼一點點。

小怪追逐天狗的氣息騰身躍起，發現有出鞘的劍尖對著自己。劍尖擦過扭動身軀的小怪側邊，削斷了幾根白毛。

小怪與天狗幾乎同時落地。

昌浩察覺氣氛不對，驚慌大叫：

「小怪！怎麼了?!」

風吹過。白幕般的濃霧稍微淡去，可以模糊看見彼此的輪廓。

小怪邊戒備，邊回答：

「我沒事，昌浩。颯峰在那裡吧？」

「變形怪大人，發生什麼事了？」

「總之，你們不要亂動。還有，誰敢趁亂把那小子強行帶入異境，我就把異境燒了。」

颯峰激動地說：

「我才不會那麼做！」

沒錯，你是不會。

小怪在嘴巴裡嘟囔著，擺出低姿勢。可以感覺到朱雀微彎著腰，伺機而動。

那個叫飄舞的天狗，怎麼想都很可疑。

昌浩已經解除對它的懷疑，可是小怪怎樣都無法釋懷。同行的朱雀也跟小怪一樣，對飄舞保持警戒。

飄舞為什麼趁起霧接近昌浩？它的劍會出鞘，是偶然還是故意？

難道它想用昌浩當人質，來阻止神將們的反擊？

可是幹嘛要這麼做呢？若不解除異教法術，疾風就會死。

僅剩的可能性，就是它不想解除異教法術。

幕後的黑手果然是飄舞嗎？小怪沒什麼把握。身為守護者的飄舞，沒道理傷害疾風。守護總領天狗的兒子是重大職務，不可能選中有反叛意識的天狗。

小怪的神氣迸向天狗可能蓄勢待發的地方，朱雀的鬥氣也熊熊湧現。

火將可沒那麼好欺負，絕不會放過殺氣騰騰來挑釁的敵人。

昌浩察覺氣氛不對，但不敢亂動。

在視線不明的狀態下亂動，很可能妨礙到小怪和朱雀。

但是昌浩想不通，飄舞為什麼會突然這麼敵視自己？它曾叫自己替疾風承受異教法術，為疾風而死，難道是真的要自己這麼做？
「颯峰，可以問你一件事嗎？」
風吹過，小怪和朱雀的輪廓、天狗的身影都隱隱浮現。
拿著替身的昌浩低聲說：
「以天狗的力量無法解除異教法術，但可以轉移到其他東西上嗎？」
「不行。」颯峰斷然回答，握緊了拳頭。「如果做得到，我不會把你捲進來，早就獻出我的身體，用我的生命去救它了。」
聽完這句話，昌浩臉色瞬間發白。
啪的一聲，颯峰踉蹌了幾步。
昌浩猛然回過神來，覺得緊握的右拳一陣麻痛。
「咦……？」
颯峰抱著頭，單腳跪下大吼：
「你幹什麼！」
突然挨了一拳，颯峰勃然變色。
「好卑鄙！原來陰陽師是認同這種行為的邪魔外道嗎？」
昌浩看著自己的手，眨眨眼睛說：

「不由得就……」

「不由得?!你說不由得?!我不能接受!你是個暴徒!」

「對不起，我一時……對不起、抱歉，我錯了。」

連聲道歉的昌浩對小怪和朱雀說：

「沒時間了，還是我去天狗鄉吧!可能有點危險，但只要我做完替身馬上回來，就不會有事了。」

然後他轉向颯峰，伸出手說：

「真的很抱歉，可是拜託你，不要隨便說要用生命去救誰……被留下來的人會受不了。」

小怪瞇起了眼睛。出手打人當然不對，但它可以理解昌浩的心情。

颯峰還是很激動，大怒說：

「住口!守護疾風公子是我的責任，這條命若能派得上用場，正如我所願!如果疾風公子會因此傷心難過，我只要拜託鄉人，去除它心中所有痛苦就行了!」

小怪的臉色瞬間發白。

咚的一聲，小怪已經跳到半空中踢颯峰一腳，又落地了。

「咦……?」

小怪看著被踢飛的颯峰，眨了眨眼睛。

被伊吹拉起來的颯峰，邊爬起來，邊大叫：

「變形怪大人，連你都這樣，幹嘛啦……！」

視線飄來飄去的小怪說：

「不由得就……」

反彈般想頂回去的颯峰忽然沉默下來。

把劍尖對準昌浩的飄舞，不知何時縮短了距離。

「飄舞，你這是……」

天狗看同胞一眼說：

「我不相信術士，尤其是人類。」

伊吹繞到颯峰前面說：

「放下劍，飄舞，現在不是鬧事的時候。」

天狗族戰士中的第一高手卻不聽從勸阻。

「你說你要進天狗鄉？少自以為是了，臭小子。像你這麼卑劣的人，休想進我們鄉裡！」

劍尖碰到昌浩的喉嚨。覺得有些疼痛的昌浩瞇起眼睛，深吸一口氣。

「你不想救疾風嗎……」

飄舞嗤笑一聲說：

「你以為我看不出來嗎？」

「看出什麼？」

被劍抵住喉頭的昌浩咕嘟嚥下口水。小怪和朱雀觀察破綻，伺機而動。

颯峰和伊吹都被飄舞突如其來的暴行嚇得啞然無言，是經驗老道的伊吹先冷靜下來。

「飄舞，你瘋了嗎？陰陽師大人是真的盡心盡力在救疾風公子。這件事颯峰很清楚，我也給予肯定，這個人值得相信。」

高手天狗瞥一眼高大的獨臂天狗，咬牙切齒地說：

「伊吹大人，這不是侍奉過前代總領的你該說的話吧？你已經忘了人類無所不用其極，差點毀滅我們的所作所為嗎？」

「唔……！」

伊吹無言以對，颯峰驚訝地問：

「飄舞，你在說什麼？」

「你不知道嗎？颯峰，我想也是，要不然你不會去求人類幫忙。」高手天狗冷笑著說：「我告訴你吧，以前人類對我們天狗做過什麼事。」

嘲笑般的笑容浮現嘴角。

飄舞的劍尖稍微往後縮。就在這一瞬間，朱雀蹬地而起揮下大劍，擊落天狗的劍。

銳利的聲響劃破迷霧。

小怪推昌浩一把說：

「昌浩，去天狗鄉！」

「可是……」

小怪瞪著飄舞大叫：

「颯峰，剛才很抱歉，你快帶著昌浩去異境見疾風！」

神將們擋在飄舞前面，要昌浩把這裡交給他們處理。

颯峰呆呆佇立。飄舞的話刺進了他心中。他年紀還輕，在長命的天狗中，他出生才三十年左右。還乳臭未乾的他，對派任自己去保護總領家獨子的總領非常傾慕，一直是拚了命在保護幼小的雛鳥。

他曾經懷疑昌浩，把劍刺向了昌浩，昌浩卻向他宣示會找出下落不明的疾風，還實現了這個諾言。

「不可以相信人類」是愛宕天狗族代代相傳的訓示，但是，像颯峰這麼年輕的天狗

都不知道理由。

「飄舞……可是……變形怪大人……」

獨臂天狗抓起呆滯的颯峰的衣領說：

「我們走，颯峰。陰陽師大人，走吧！」

高大的天狗放開姪子，抓起昌浩的手，飛上天空。

「伊吹大人，你帶他去不會有好結果的！」

伊吹回頭對怒吼的飄舞說：

「可能吧，但是為了救疾風公子，不能再猶豫了，即使是……」

即使是要藉助於曾經背叛並虐殺他們的人類。

天狗拍振翅膀颳起了風，昌浩的視線掃過周遭。

「小怪、朱雀！」

正要飛上去追伊吹的飄舞被小怪迸出的鬥氣擊落，摔得四腳朝天。

昌浩不由得大叫：

「朱雀、小……紅蓮！」

颳起的龍捲風捲入了颶風、霧氣和樹葉，遮蔽了視線。

昌浩一頭霧水，不知道人類到底做了什麼而讓天狗們如此憎恨，說人類是邪魔外道、混帳、異教法師。

儘管如此，看到火焰的神氣迸射，昌浩還是大叫：

「不……不准殺它！朱雀、紅蓮，絕對不能殺死飄舞——！」

10

◇　◇　◇

正在睡午覺的雛鳥張開惺忪的睡眼。

颯峰靠在不遠的柱子上，點頭晃腦地打著瞌睡。

看起來很滑稽，雛鳥啞然失笑。

颯峰答應過，等一下要帶還不會飛的它，乘著風飛上天去。

它是總領繼承人，所以颯峰總是嚴肅地說，它必須早點習慣風。

使勁爬起來的雛鳥悄悄經過颯峰身旁，走到外面。

天狗的住處在森林深處。高柱粗樑上有細緻的雕刻，還懸掛著女人們親手織成的美麗布條。

聽說天狗的女性看起來很像人類，沒有翅膀，在能夠自由翱翔天際的男人的保護下，過著平靜的生活。

疾風是天狗族殷切期待的繼承人，大家對它呵護備至。在翅膀長齊之前，它都不能外出。父親颶嵐不管公務多繁忙，每天都會來看疾風好幾次，撫摸它的背。

疾風的兩名護衛，一定有一名緊跟在身旁，大多是颯峰。飄舞沉默寡言，經常在稍遠的地方待命。

這是自己第一次瞞著颯峰偷偷出去，雛鳥有些得意。

它從庭院的矮樹叢下鑽出去，邁開步伐。

緩步前進時，突然撞到一座山。

「喲，這不是疾風公子嗎？」

雛鳥抬起頭，嚇得猛眨眼睛。

「伊吹……」

「颯峰丟下疾風公子一個人，到底在幹什麼？等一下要重重懲罰它。」

雛鳥慌忙說：

「不能怪颯峰，是我不好，自己跑出來了！」

「是嗎？」高大的天狗和藹地伸出僅剩的一隻手，把雛鳥撈到掌上說：「疾風公子，你將來會成為這個鄉裡的總領，我必須一點一點教會你才行。」

很好奇伊吹要教什麼的雛鳥，看到它藏在面具下的雙眼悲傷地瞇了起來。

「你溫和的性情，是我們的寶藏，希望你能平等地對待所有人。」

有時，會有人類誤闖我們的異境。如果遇見還活著的人，就要把他們送回他們的世界。

伊吹稍作停頓，抬起頭看著天空說：

「但是，千萬不要靠近走入魔道的人。」

魔道是什麼呢？

雛鳥不太了解。

然而，老天狗的話聽起來非常悲傷，所以雛鳥默默點了點頭。

伊吹看著在手心中睡著的雛鳥，垂下了頭。

很久、很久、很久以前。

有人想藉由修驗道的嚴苛修行，取得特異能力，結果誤闖這片異境。

伊吹聽說過人類中有這樣的人。這個男人學過很多法術，卻沒有最重要的靈力。

不管他怎麼修行，都得不到他想要的力量，最後自暴自棄，走進愛宕的深山裡，被白霧纏住，誤入了異境。

男人看到魔怪天狗的力量，乞求天狗傳授給他。

天狗們答應了男人，傳授給他。男人還是缺乏靈力，但學會異教法術後，也成長到

可以稱為一般術士的程度了。

天狗們把面具送給了男人。面具是天狗的象徵；是非人的魔怪印記。男人脫離人類的軌道後，力量大增。

戴著面具操縱異教法術的男人，終於獲得引領期盼的特異能力，高興得像飛上了天。

然而，男人終究還是人類。

得到一點天狗的力量、擁有了天狗的面具，還是不能成為天狗。

男人迷戀上魔怪的力量。

啊，我想要那股力量；我想要天狗的力量，不光是面具和異教法術。

男人閱讀了很多書籍，其中也包括邪魔外道的法術。

◇　◇　◇

天狗的翅膀在白霧中直直飛翔。

愈深入異境，呼吸愈困難，身體也逐漸發冷。

昌浩更用力抓住伊吹的手臂，看著颯峰。

把嘴巴抿成一條線的颯峰，專心聽著伯父淡淡的敘述。

「陰陽師啊，你應該知道吧？」

自古以來都說，吃熊臂能得到強大力量、吃鹿腳能健步如飛、吃鶴脖子或烏龜心臟可以長命百歲。

傳說吃下活生生的東西，體內就會擁有那東西的力量。

昌浩毛骨悚然。

那麼做，可以把特異能力、魔怪的力量、天狗傳授的法術發揮到極致。

颯峰全身戰慄。

高大的天狗硬擠出聲音說：

「我從來沒見過那樣的地獄……」

嗅到血腥味的天狗們衝去看怎麼回事。

追求異教法術的男人，坐在無數的女人與小孩的屍骨中。

失常的眼睛狂笑著。

羽毛被拔光、翅膀被折斷、只剩下血紅斑斑骨頭的雛鳥，被丟得到處都是。女人們斷手斷腳，脖子被砍斷，內臟被拖出來，皮被撕開，露出血紅的肉。

滿地都是還黏著筋肉的骨頭，多到數不清，身上還勉勉強強留著一些被扯破、沾滿

血跡的衣服。

男人的肚子已經異常膨脹，卻還大口大口抓著肉塊吃。

天狗們都被慘絕人寰的景象嚇得呆若木雞。

在前代總領身旁的伊吹，發現男人正在撕咬的肉塊是快要出生的嬰兒。他把肉連同還沒成形的骨頭一起咬碎吞下去。躺在他前面的年輕女人可能是大聲喊叫，大張的嘴巴被破衣服塞住，望向這裡的眼窩沒有眼球，凹了一個大洞，扒過泥土的指甲脫落，慘不忍睹。女人的外表完全變了樣，原本高高隆起的肚子被壓扁扯破。

天狗的孩子以嬰兒模樣出生後，很快就會變成雛鳥的模樣。

男人扯斷手上的肉塊，狼吞虎嚥地吃下去。

那塊肉的模樣才剛開始變形——

「那是……那是……」

昌浩更用力握緊了手指，再也說不出話來。

耳邊只聽見翅膀的風切聲。過了好一會，伊吹才淡淡地說：

「天狗的女人很脆弱，即使用異教法術的人類只是憑藉面具的力量，它們也逃不開。」

風音的話在昌浩耳邊響起。

——也有修行者會偏離正道，墜入魔道，變成天狗……

心臟撲通撲通狂跳。

異教法師。使用異教法術的人。對待在異境之鄉的天狗雛鳥施放異教法術，還闖入異境擄走雛鳥。他怎麼能進入人類無法進入的異境呢？

伊吹甩甩頭說：

「我不該說這些沒意義的事……陰陽師大人啊，你既不是異教法師，也不是邪魔外道，請你一定要救疾風公子。」

天狗們都戴著面具，隱藏臉上的表情，不管昌浩怎麼抬頭看，都看不出伊吹是什麼樣的神情。

不知道伊吹是以怎樣的心情，求助於與異教法師同樣的「人類」。

他想起天狗們的眼神。在修補安倍家時，那些天狗偶爾會狠狠瞪著他。

它們都是老手，沒有像颯峰那麼年輕的，看起來至少都比飄舞年紀大。

「我們只會我們自己的法術，不像陰陽師什麼道都精通。我們做不到的，陰陽師應該做得到……」

不知不覺中，霧變淡了，森林豁然開朗。

天狗們降落在雄偉聳立的建築物門前。

著地時，昌浩沒站穩，搖晃了一下，伊吹趕緊抓住他的手臂。

「時間不多了，我去通報裡面的人，陰陽師，你跟颯峰去見疾風公子。」

天狗轉身跑進去。

颯峰扶著昌浩往裡面走。

被拖著拚命往前走的昌浩，光是調整呼吸都很困難。

在異境之地，體力和生命力都會耗損。不是總領邀請來的人類，不能在這裡待太久。

剛才說的那個異教法師，後來不知道怎麼樣了？他是在這裡得到天狗傳授的異教法術和面具，卻以殘忍的背叛回報天狗恩惠的邪魔外道。

沉默許久的颯峰，發出顫抖的喃喃自語。

「以前……」

昌浩只是看著它，沒有力氣回應。

颯峰抓著昌浩的手指微微顫抖著，邊蠕動顫抖的嘴唇，邊在寬闊的走廊急速奔馳。

「我是聽說，鄉裡被魔道的天狗襲擊，族人群起迎擊，但敵人太過強大，死了很多女人和戰士……」

颯峰的手指因為太過用力都發白了。它是怕昌浩落後，所以抓著昌浩跑，昌浩卻覺

得是被它緊緊攀住，因為它好像快虛脫了。

「那是在颶嵐大人出生之前……前代總領還健在時的事……忘了是什麼時候，伯父告訴我的……」

颯峰的父親與伊吹差很多歲，所以颯峰出生時，伊吹已經邁入老年。

伊吹非常疼愛颯峰，比父親還疼愛。

它備受總領家信任，從前代總領開始就被重用，還被賦予疾風公子的撫養大任，是很多人仰慕的對象，卻沒有娶妻生子。它說一個人逍遙自在，一直保持獨身。

颯峰在什麼都不知道的時候，有一次受不了這個見到它就嘮叨個不停的伯父，很認真地給了伯父建議。

它說伯父雖然有點年紀了，可是還大有可為，現在也還不遲，何不娶老婆、生孩子呢？它也會很開心有個堂弟。

那時候，伊吹困擾地笑著，壓低嗓門說：偷偷告訴你哦。

——其實，很久很久以前，我娶過老婆。因為我太沒用……老婆帶著孩子去很遠的地方了……

颯峰知道自己說錯了話，馬上道歉。伊吹笑著說沒關係，粗獷地抓抓颯峰的頭。

長大後，有一天它突然想起這件事，跟母親說不知道離家出走的伯母和堂哥怎麼樣了，母親表情複雜地對他說：
——不是的，伊吹的太太是在快生產前……出了意外，母子都死了……
颯峰對自己小時候的遲鈍感到可恥、後悔，可是又不能去道歉，成為心中長久以來的愧疚。
知道伯父為什麼這麼疼愛自己後，它再也無法反抗伊吹。
颯峰顫抖地說：
「原來那個意外……並不是意外……」
——啊，颯峰，你長大了呢，真的、真的長大了……
在疾風出生，被賦予養育的職責之前，伊吹都隱居在異境深處。每次見到颯峰，伊吹就會為它的成長高興，笑著說它長得頭好壯壯。
昌浩垂下了眼睛。
他不知道這件事，沒聽祖父或父親說過。
他只聽說過，這世上有很多操縱法術的人，有人不滿自己的力量而走入了歧途，但不清楚走入歧途是怎麼回事。一直以來，他都只了解字面上的意思。
打開好幾道隔門之後，終於來到掛著注連繩的廳堂。
幼小的疾風身旁擠著一群衣著華麗的女人，看起來跟人類的女性一模一樣，唯一的

不同是散發著魔怪的氣息。

在離雛鳥最近的地方，正襟危坐的年長女人倒抽了一口氣。

「颯峰……」

安排昌浩坐下後，颯峰跪了下來。

「母親，對不起，打攪妳們了。」

女人們怯怯地看著昌浩。

「各位，他是陰陽師，來替疾風公子解除異教法術。」

颯峰又扶起昌浩，要接近疾風。

女人們臉色發白，立刻擋在疾風前面。

「不可以。」

「快退下，颯峰大人。」

其中一位淚眼婆娑地瞪著昌浩。

「公子連眼睛都張不開了，我絕對不會忘記這個仇恨，人類……！」

頭暈目眩的昌浩勉強抬起了頭。他覺得呼吸困難，靈力都快被連根消除了。

「把這個……拿給疾風……」

他把像鉛塊般沉重的紙人偶遞出去。

女人們都向後退，沒有人要接過紙人偶。

颯峰著急地說：

「不要搞錯了！昌浩……這個陰陽師是特地來救疾風公子的！人類進來天狗鄉會很痛苦，他卻一個人來了！妳們要糟蹋他的心意嗎？」

女人們不回答。昌浩閉上眼睛，心想難道就這樣功虧一簣了嗎？

這時候，大家聽見呢喃般的虛弱聲音。

「……峰……」

颯峰倒抽了一口氣。

這聲音是……

「疾風公子！妳們還不讓開！疾風公子在叫我了！」

驚慌失措面面相覷的女人們把颯峰逼急了，它破口大罵：

「混帳，快退下！」

女人們被它的兇狠模樣嚇到，不甘願地開出一條路。

拖著昌浩跪在疾風前面的颯峰連隔開一段距離，都感覺得到可怕的熱度，不禁毛骨悚然。

「疾風公子，振作點！」

颯峰伸出顫抖的手，抱住壞死已經擴散半個身體的小雛鳥。

雛鳥抖動著眼皮，試著抬起頭，卻抬不起來，身體打了個哆嗦。

「我……作了……一個夢……」雛鳥閉上眼睛，微微笑著說：「……陰……陽……師……來了……嗎？」

虛弱的聲音說得斷斷續續，連回話都很困難的昌浩點了點頭。

響起嘈雜的聲音，女人們嘰嘰喳喳地嘀咕著，颯峰狠狠瞪它們一眼。

隔著面具還是很有威力，女人們都閉上了嘴。

昌浩爬到疾風旁邊。

「在這上面……寫上疾風的名字……再吹三口氣……」

每說一個字，都會讓他更疲憊。到底過了多久呢？他已經失去時間的感覺了。

不趕快回去的話，紅蓮和朱雀會擔心。啊，對了，飄舞為什麼那麼做呢？如果有什麼誤會，要問清楚、解開心中的疙瘩才行。

陰陽師跟那個墜入魔道的男人不一樣。至少昌浩認識的陰陽師都不會為了取得咒力去做那種事。他很清楚要認真修行，讓自己成長才是正道，才是最強的陰陽師。

只要把異教法術從疾風身上解除，再移到這個替身上，用火燒掉就行了。

「……颯峰……拜託你……」

被遮出去的紙偶飄然滑落。

昌浩癱倒在地上。

留在愛宕山裡的紅蓮和朱雀，與劍被打斷卻仍沒喪失鬥志的飄舞相對峙。

二對一，神將們還是打得很辛苦。對方是天狗、異形，原本不會打得這麼辛苦，但是昌浩在臨走前拋下了一句話。雖然沒說不准讓飄舞受傷，比以前寬鬆多了，困難度還是很高。

飄舞靈活揮舞著被打斷的劍，快速縮短距離，發動攻擊。

朱雀的大劍不適合短距離交戰。他的劍一揮下，就可以粉碎遠距離的敵人，卻很難抵擋近距離刺過來的劍。他儘可能拉開距離，可是天狗的移動速度太快了，沒辦法拉太開。

然而，紅蓮也不見得比較有利。他操縱的火焰，在霧中還是可以發揮強大的力量，卻追不上動作靈敏的天狗。

這種時候，操縱風的風將或拿小型武器的勾陣，比較能獲得戰績。

腦中閃過這些事的紅蓮咂咂舌，放出火蛇。像黑風般的天狗翅膀擦過他的臉，被砍成兩半的劍從他腹部往胸部劃過去。

飄舞懊惱地咬住嘴唇。被砍斷的劍很難控制，以為會刺中對方，卻只削掉對方一層皮，沒什麼殺傷力。

「可惡……！」

在紅蓮發出怒吼聲的同時，火蛇向外竄升。天狗揮動翅膀，颳起龍捲風，粉碎了張大嘴巴衝向自己的火蛇。

朱雀趁這時候衝入兩人之間。

「笨蛋！」

這個距離根本不適合揮舞大劍，是計算失誤嗎？

飄舞嗤笑著，忽然看見雙手握劍的朱雀露出大無畏的笑容。

火將手中的大劍瞬間變了形，變成跟天狗們佩帶的劍差不多大小的武器，非常適合現在的距離。

朱雀揮下了劍，天狗在千鈞一髮之際閃開，只被劃破了衣服。

飄舞咂咂舌，沒想到會陷入這樣的苦戰。

朱雀瞄一眼全身纏繞著火焰漩渦的紅蓮說：

「騰蛇，拿出你的武器，空手不利作戰。」

對於同袍的提議，紅蓮瞇起眼睛說：

「拿武器反而不好控制力道。」

別說是讓對方受傷，還大有可能失手殺死對方。

看起來比紅蓮年輕幾歲的火將眨眨眼睛，重新握好劍柄。

「說得也是，那就沒辦法了。」

神將也有擅長與不擅長的事。

說起來，都要怪昌浩給了那麼棘手的命令。

傾注全力擊垮敵人，比較適合朱雀的性子。對敵人毫不留情的酷烈性情，是擁有戰術的神將們的共通點。

鮮紅的火蛇向四方飛去。紅蓮儘可能壓抑力量，以防愛宕山的樹木全被推倒，燒得精光，但恐怕很難完全保得住。

稍微值得慶幸的是有霧。濃霧的濕度高，大大降低了森林延燒的機率。

有所壓抑的鬥氣抓不到天狗，只是浪費時間。

紅蓮發出低沉可怕的嘶吼聲。

「飄舞，為什麼攻擊昌浩？」

剛才被朱雀大劍扯破的上衣露出繃帶。因為劇烈動作，纏繞的繃帶鬆開了，露出被異教法師劃破的深傷口。

從腹部斜斜延伸到胸口的劍傷可能是沒有徹底治療，只用繃帶隨便包紮起來，傷口還開著，滲出了血。

紅蓮嚴厲觀察他皮膚掀開的模樣，看來傷口非常深。

握著劍的朱雀步步縮短距離。紅蓮用眼角餘光盯著他的動作，繼續質問。

「要救總領的獨子，必須先解除異教法術，現在只有那小子辦得到。」從紅蓮手中捲起火焰漩渦。「你卻被過去的怨恨綁住，做出會害死疾風的愚蠢行為。你要搞清楚，你才是個混帳！」

飄舞牽動嘴角，露出淒厲的笑容。

「不是你說的那樣。」

「什麼？」

朱雀和紅蓮異口同聲反問。白霧的濃度又增強了。

飄舞放下斷劍，說話語氣突然沒了抑揚頓挫。

「人類有時候會冒出很可怕的想法，是我們魔怪想都想不到的邪魔外道。」

平淡的語氣中帶著狠勁，紅蓮和朱雀都不由得屏住氣息。

面具下的天狗嗤笑著。

「人類這種生物軟弱無力，但他們的膚淺和陰險足以凌駕魔怪。」

飄舞的語氣再平淡不過了。

他說以前有個無能的術士來求異教法術。

愛宕天狗愛好平和，把天狗的法術傳授給了那個術士。

不但讓他住在異境，還給他象徵天狗的面具。

而那個術士是怎麼回報天狗們呢？

天狗面無表情，滔滔不絕地說著，兩名火將聽得不寒而慄。

「因果是會循環的。那個陰陽師擁有解除異教法術的能力，那麼，只要奪取他的能力，就不需要放棄仇恨、委屈自己去依賴人類。」

火將騰蛇和朱雀呆呆看著天狗，連眼睛都忘了眨。

「疾風公子不會死。即使它的生命像細絲線般斷裂也沒關係，陰陽師甚至可以掌握天理，只要靠那股力量，把生命之線重新連結就行了。」

飄舞舉起右手，聲音激動起來。

「以前有男人吃下天狗成為天狗，現在有天狗吃下陰陽師，得到陰陽師的所有一切，有什麼奇怪呢？」

聽完飄舞駭人的表白，紅蓮覺得噁心想吐。壓抑不住的情緒讓他的鬥氣迸射出來，捲起漩渦。

喉嚨咕嘟顫動的朱雀瞇起眼睛咒罵：

「你這個邪魔外道……！」

天狗的雙眼在面具下閃閃發亮。

「沒錯，我們就是邪魔外道。」嘴巴彎成新月形的飄舞悠悠地說：「我們是源自於神的魔怪。」

龍捲風捲入濃霧，翻騰起來。

飄舞拍振翅膀，颳起的風像風刃般四處飛射，襲向了紅蓮與朱雀。

交叉雙臂保護眼睛的紅蓮，聽到刺耳的譏笑聲。

「已經過了時限，陰陽師回不來了。」

「你說什麼……?!」

飄浮在半空中的天狗俯瞰大驚失色的兩人，冷冷地說：

「愛宕天狗要的是陰陽師的法術、知識和力量，不會忘記長年來的仇恨。」

紅蓮的胸口瞬間冷卻。難道天狗的陰謀，就是要讓昌浩落單？

那麼，颯峰和伊吹的言行舉止都是虛假的、都是為了救疾風而偽裝出來的？神將們都沒有看出來，被魔怪們玩弄於掌心，犯下了無可救藥的失誤嗎？

紅蓮的雙眼紅光閃爍，壓抑的鬥氣一舉爆發出來。

「騰蛇！」

朱雀感受到最強、最兇悍的通天之力，大叫起來。他把劍尖對準飄舞的眼睛，邊極力防守，邊驚慌地看著激動的同袍。

「已經太遲了！」

白色火焰龍撲向了嘲諷的飄舞。

「住口，邪魔外道！」

紅蓮迸射出來的鬥氣由紅轉青，再轉為純白。

朱雀咂咂舌。非阻止他不可，若放任他在激怒下釋放全力，會燒毀愛宕山。

飄舞的龍捲風與白火焰龍正面激烈衝撞，風與火焰相互煽動，引發驚天動地的爆炸。

「騰蛇！」

這時候，朱雀耳邊響起轟隆巨響。

「雙方退開！」

11

飄舞受到重創，墜落地面。

被反彈回來的白色火焰，全都落在紅蓮身上。

驚人的妖氣狂流持續擴散，不但驅散了濃霧，還吞噬了所有東西。

充斥周遭的灼熱鬥氣被淹沒，又猛然吹起了剛才被驅逐的涼風。

不知道發生什麼事的飄舞，一臉茫然地抬起頭看。

無數星星閃耀的天空中，出現兩個身影。

一個是大大張開翅膀，全身纏繞著強烈妖氣的獨臂天狗。

另一個是抱著人類之子怕被吹走，飛得很辛苦的嬌小天狗。

紅蓮張大了眼睛。

被颯峰抱住的昌浩看起來很疲憊，虛弱地揮著手。

「……總算結束了……」

有氣無力的聲音自天而降。筋疲力盡全寫在臉上的昌浩，轉向颯峰說了什麼，颯峰點點頭之後，緩緩降落。

拿著大劍的朱雀喃喃嘟囔著。

「那個男人……居然這麼……」

那個獨臂天狗看起來像年邁的老人，怒吼下爆發出來的妖氣，卻能在瞬間擊潰戰士中的高手和最強的神將，是個可怕的男人。

愛宕天狗族的前代總領在漫長的生涯中，最看重的就是它，對它的信賴勝過任何天狗。儘管在幾百年前失去了一隻手臂，它還是穩居寶座，不但繼續擔任現任總領颶嵐的護衛，還負責養育疾風。

「飄舞，你幹嘛挑戰他們？」

「唔……伊吹大人……」

高大的天狗用它們平常難以想像的清澈聲音，冷冷地質問飄舞。

「總領大人要我轉告你，人類之子是救總領家獨子的大恩人，不准傷害他。」

伊吹拋下血氣方剛的同胞，轉向紅蓮說：

「你……是誰啊？再怎麼樣，也不該不顧周遭，這樣大打出手吧？」

剛才跟昌浩一起離開現場的伊吹因為視野被遮蔽，沒看到紅蓮變身。

獨臂天狗盯著目露兇光的陌生年輕人，轉向朱雀說：

「你認識他嗎？這位是……？」

「是我的同袍，名叫……」

紅蓮舉起一隻手制止說到一半的朱雀，發出帶著怒氣的低沉聲音。

「我是十二神將的火將騰蛇，安倍晴明的式神，擔任那孩子的……」他瞄一眼昌浩說：「護衛。」

「啥?!」昌浩瞪大了眼睛。

伊吹「哦、哦」地點著頭說：

「這樣啊，那應該跟我姪子很合得來吧，陰陽師大人有很多護衛呢！」

昌浩不由得對悠然笑著的伊吹大叫：

「不！不是護衛，不是……」

紅蓮合抱雙臂，毫不以為意地說：

「怎麼想都是護衛吧！」

說完，紅蓮不耐煩地撥起劉海，眨個眼，變成了小怪的模樣。

伊吹看著半瞇起眼睛坐下來的小怪，滿臉驚嘆地說不出話來。

「呵……」

飄舞像洩了氣般癱坐下來，懊惱地咬著牙，颯峰站在它面前。

疾風的兩名護衛，現在無法達成共識。

颯峰默默地低頭看著飄舞。

被稱為天狗族戰士第一高手，帶領所有年輕天狗並且扶搖直上的飄舞，是年輕一輩的天狗們羨慕的對象。

「飄舞，為什麼這麼做……」

飄舞頭抬也不抬，激動地說：

「我想要盡快……」

在面具下，颯峰閉上了眼睛。

它也知道要盡快。它們的想法一樣，然而，相信陰陽師的心、在陰陽師身上下了所有賭注的它，與相信陰陽師的力量卻想奪取那股力量的飄舞，選擇了不同的道路。

颯峰搖頭興嘆。

「疾風公子好轉了，昌浩在千鈞一髮之際把異教法術轉移到替身上，幫它逃過了劫數。」

依然垂著頭的飄舞緊緊握住斷劍。颯峰單腳跪下來，對緊咬嘴唇一語不發的同胞說：「疾風公子在找你，只有我在，它還是不放心……回去吧，回去愛宕鄉，回去見疾風公子。」

硬擠出來的笑容一定很難看，但無所謂，天狗的臉都藏在面具下。

氣憤、惱怒、悲傷、痛苦，全都藏在面具下，魔怪不需要心。

自從很久很久以前，因為動情而失去很多無法取代的東西後，天狗們謹記教訓，再也不在人類面前摘下面具。

飄舞被伊吹帶回了異境。

目送天狗們從天空離去的昌浩，經過一段時間才恢復原狀。

「真不愧是愛宕山，傳說中的靈山之氣太驚人了。」

呆呆坐著的昌浩茫然眺望天際。縮成一團依偎在他身旁的小怪只轉了轉眼珠子。

昌浩半眯起眼睛說：

「紅蓮差點把我的話當耳邊風了。」

小怪甩甩兩隻耳朵。

「蛤?!你這個混蛋，滿嘴胡說八道什麼！」齜牙咧嘴的小怪口沫橫飛地說：「為了不傷到對方，我跟朱雀不知道打得多辛苦呢！」

昌浩盯著小怪。那是追根究柢的視線，但小怪自認沒有對不起他，坦然面對。

雙方互瞪幾十拍後，盤坐著合抱雙臂冷眼旁觀的朱雀終於嘆口氣開口了。

「昌浩，騰蛇說的是真的。」

「真的嗎？」
「嗯，真的。」
昌浩把嘴巴撇成ㄟ字形。
「既然朱雀這麼說，我就相信了。」
「慢著——！」
小怪氣得全身白毛倒豎，昌浩不理它，逕自站起來。
颯峰坐在離他們稍遠的地方，背對著他們，動也不動。
昌浩踩過雜草，走到颯峰旁邊，一屁股坐下來。
「對不起，浪費了這麼多時間。」
颯峰默默地搖著頭，把手伸向放在旁邊的劍，半晌才開口說：
「還沒結束呢……」
聽到天狗這麼說，昌浩拿出收在懷裡的紙人偶。
紙人偶上面畫著幾個圖騰般的東西，昌浩完全看不懂，那是用天狗文字寫的疾風的名字。

＊　＊　＊

從在異境當著疾風的面昏倒，直到在人界的冷風中醒來，絕對經過了不短的時間。是颯峰告訴他在這期間裡發生了什麼事。

聽說天狗的女人們搶走從昌浩手中掉下來的紙人偶，企圖銷毀。

它們疑心生暗鬼，認為昌浩假裝要幫它們解除異教法術，其實是要奪走幼小雛鳥的生命。

不管颯峰怎麼勸說，女人們都不聽，正要把紙人偶撕毀時，有個莊嚴的聲音制止了它們。

「住手。」

說話的是颯峰的母親。

它從驚訝的同胞們手中抽走紙人偶，轉頭對兒子說：

「以前發生過很悲慘的事。」

「我知道。」

它目瞪口呆，靜默了好一會，思索著該說什麼。

颯峰單腳跪下說：

「母親，我什麼都不知道。但也因為這樣，我知道一件事。」
它看著閉上眼睛動也不動的昌浩，慢慢接著說，仔細斟酌每一個字。
「是這個人類原諒我們的無理找碴，幫我們找到了疾風公子。他壓下了異教法術，讓憤怒得失去理智的我們平靜下來，還命令他的手下不准傷害天狗，是個心胸寬闊的人。」
母親搖著頭說：
「他們剛開始都會裝成那樣，那個魔道男人也是。」
「可是，母親，」颯峰立刻辯解：「昌浩是陰陽師。」
陰陽師不碰異教法術，對魔道退避三舍，了解邪魔外道卻絕不碰觸，是同時掌握陰與陽的人。
「母親，我自從擔任疾風公子的護衛以來，就抱著犧牲生命也要保護它的決心，那個不知死活的人類聽到我這麼說，居然給了我一巴掌。」
冷不防地挨了一巴掌，颯峰瞬間呆住了。而打它的昌浩，也呆呆看著自己的手。
然後，那男孩說話了。
請不要隨便說要用生命去救誰，被留下來的人會受不了。
那沉重的聲音、強烈的言靈，烙印在颯峰心上。現在冷靜下來，那句話才在體內深處慢慢化開來。

「母親，我相信他。」

不是相信他的人、不是相信他這個術士，而是相信他的心。

相信他坦蕩蕩的眼睛深處的熱情光芒。

疾風中了異教法術後，天狗們拚命尋找救它的辦法，卻只能眼睜睜看著時間流逝，毫無收穫。

它們全心全意地祈禱。但看著逐漸擴散的壞死、看著熱度不減而痛苦掙扎的幼小雛鳥，它們失去了信心，漸漸不再祈禱了。

憂慮轉為絕望，開始有人主張，與其這樣拖下去，不如狠下心來讓它解脫。

「說不定昌浩想救疾風公子、為疾風公子祈禱的心，比任何人都迫切。」

颯峰誠懇地說：

「疾風公子盼望著飛上天去。」

直直看著母親的颯峰拿下了面具。

它的眼球顏色就像在天空閃爍的銀白色，而包圍眼球的鞏膜是漆黑的。這就是天狗的眼睛，眼球與鞏膜的顏色正好跟人類相反，在白霧中、黑夜中也看得很清楚。

「它說它想再飛上天去，去找那個人類的孩子。」

這就是雛鳥的願望。有這個願望的支撐，雛鳥才能在痛苦掙扎中，努力活下來。

既然這樣，護衛就要守護它的願望。

必須虔誠、衷心地祈禱，抓住隨時可能斷裂的無常生命絲線，全心全意地保住絲線。

「求求妳……」

颯峰伏地磕頭，一再懇求。

就這一次，請相信昌浩。請相信活在人世間、活在充滿虛假的偽裝中，卻從不輕言放棄的陰陽師。

不知道這樣求了多久。

母親的衣服下襬從視野消失了。

颯峰咬住嘴唇，被自己的無能擊垮，肩膀劇烈顫抖著。

滿眶的淚水啪答啪答掉下來，它激動得想用緊握的拳頭捶地板。

可是有人抓住了它舉起來的手。

緩緩抬起頭的颯峰，看到抓住自己手臂的伊吹。

高大的天狗放開姪子的手，跪坐下來。

「好久沒看到你拿下面具了。」

伊吹抹去從颯峰臉上流下來的淚水，颯峰緊緊抿著嘴巴，眼睛眨也不眨地注視著伯父。它怕一鬆懈下來，自己就會哇哇放聲大哭。
面具下的銀白色眼眸綻放著沉穩的光芒。
「你還是跟以前一樣愛哭呢，颯峰。」
伊吹拍拍颯峰的肩膀站起來。
然後，它扛起昌浩，轉過身去。
「過了時限，他會撐不住。走吧，颯峰。」
高大的天狗笑得很開朗，即使帶著面具都看得出來。
「只有這個陰陽師救得了疾風公子。」
瞠目結舌的颯峰轉頭一看，不由得倒抽一口氣。
母親仔細寫下名字，把紙人偶拿到疾風嘴邊，再默默把紙人偶遞給了它。

昌浩張開眼睛時，高大的天狗把紙人偶塞進他手裡。
天狗說接下來交給他處理。
他在飛行中對紙人偶施咒，就在所有異教法術流向這邊的瞬間，他立刻用五芒星與神咒封住法術。

「嗡——！」

雖然只是應急的做法，但是在疾風差點斷氣之前完成法術，及時保住了它奄奄一息的生命。

✦ ✦ ✦

昌浩從懷裡拿出紙包住紙人偶，摺了好幾層。

颯峰不解地問他：

「你要怎麼處理？」

「嗯，丟在這裡。」

「什麼——？」

昌浩從懷裡拿出紅線，一圈又一圈地綁住那團紙，再打個複雜的結。

颯峰逼向他說：

「我再問你一次，你要怎麼處理？」

「我說我要丟在這裡呀。」

颯峰揪住昌浩的胸口說：

「你說要丟在這裡？陰陽師，那是疾風公子的替身，你說過你會燒了轉移到那上面的異教法術，你忘了嗎？」

「不能呼吸了，不能呼吸了。」

颯峰抓住揮動手腳掙扎的昌浩衣領，把他提起來，威嚇地說：

「萬一異教法術從被丟棄的替身跑出來怎麼辦！如果疾風公子再受到異教法術的攻擊，我絕對會砍了你的頭！」

朱雀再也看不下去，把叫也叫不出聲來、拚命掙扎的昌浩救下來。

昌浩按著喉嚨咳個不停。小怪鄙夷地看著他，嘆口氣說：

「昌浩，你把話說清楚嘛。天狗對陰陽術沒什麼概念，被誤會而勒死就不好玩啦！」

颯峰疑惑地反問：

「誤會？」

「小怪說得沒錯。」

皺著眉頭的昌浩，用帶點嘶啞的聲音開始說明。

直到最後，他們都沒找到施法的異教法師。這樣放任不管，異教法師很可能再施放新的異教法術，威脅天狗們。

疾風身上的異教法術並不是完全解除了，只是轉移到替身上。只要異教法師還活著，就不能掉以輕心。

「什麼？你是說疾風公子不能康復?!」

臉色大變逼向昌浩的天狗被朱雀從後面拉住。全身發軟的昌浩，趕緊解釋說不是那樣子的。

「還是會康復，只是以現況來看，已經壞死的部分恐怕治不好，必須在翅膀脫落前消滅異教法師……」

這樣下去，命是保住了，但會失去翅膀，無法實現飛上天空的願望。

昌浩又開始剛才做到一半的動作，臉色凝重地說：

「其實把疾風帶來這裡，是最有保障的做法。」

要有誘餌，才能把異教法術的施法者誘出來。但是天狗不可能答應這麼做，昌浩也不想這麼做。

「這是疾風的替身，多少可以騙過異教法師。以前我也這麼做過，用替身把下詛咒的人誘出來。對方一出現，就用結界鎖住他。」

如果異教法師是人類，處理上就會有些棘手，但昌浩覺得應該不是人類。

昌浩邊打複雜的結，邊改變話題。

「對了，颯峰，那個走入魔道的術士後來怎麼樣了？」
颯峰的臉蒙上了陰霾。
他握緊拳頭，猛然背過頭去。
「聽說經過慘烈交戰，把那個人殲滅了。」
伊吹就是在那時候失去了一隻手臂。
「這樣啊……」
昌浩為很久以前犧牲的天狗們哀悼。
使用魔道、墜入邪魔外道而變成魔怪的愚蠢人類做出那麼可怕的事，只為了獲得強大的力量。
昌浩不能理解，是因為自己身上流著人與妖怪生下的孩子安倍晴明的血，而擁有比任何人都強烈的靈力嗎？
他總是忘記，自己體內也流著妖怪的血，今天卻特別想起這件事。
「疾風身上的異教法術，應該是那傢伙施放的。」
陰陽師的話讓颯峰大為驚愕。
「怎麼可能?!那是現任總領大人出生前的事了！而且我聽說，損失雖然慘重，但的確把他消滅了。」

把摺成一團的紙綁好後，昌浩嘆口氣說：

「不知道為什麼，我覺得是那個死靈……天狗應該也稱為怨靈吧？我覺得是那個怨靈復活了。」

「復活……？」

昌浩點點頭。他沒有確切的證據，還在猜測階段，只能說是感覺。但直覺告訴他是這樣沒錯。

他在紙上畫五芒星，封住法術。

紅蓮與飄舞的激戰把山的表面削掉一大片，森林開了個大洞，他把紙團扔到洞的中央附近。

啪唦掉落的紙團，瞬間變成了雛鳥的模樣。

昌浩告訴驚訝的颯峰：

「丟在那裡，不去管它，幾天後壞死的地方就會擴散，變成屍骨。異教法師以為已經達成目的，疾風本身就不會有危險了。」

當然沒辦法永久欺騙。

這麼做是為了爭取時間。先把疾風藏在異境深處，再找出躲在某處的異教法師的怨靈。

「找到後，就交給……」

昌浩看著神將們。小怪和朱雀都知道他要說什麼，點了點頭。

昌浩也可以靠縛魔術抓住他後再降伏他。但是變成魔怪前的術士頭銜，讓昌浩有點不安。

他對天狗還不是很了解，只覺得來自猿田彥大神系統的颯峰等天狗們，與淪落為魔怪的人類，在本質上應該全然不同。

為了謹慎起見，昌浩佈下維護替身外型的結界，還注入簡單的法術。異教法師碰到法術，就會留下意念。循著那股意念，就可以找到他的下落。

在腦中沙盤推演過好幾次後，他又徵詢紅蓮和朱雀的意見。

聽到「應該沒問題」的回答，他才鬆了一口氣。

颯峰感慨地看著昌浩他們之間的對話。

「啊，不好，該回去了……」

從星星位置算出時間的昌浩這麼一說，大家就各自回去了。

12

小怪心情不好。

它賭氣地縮成一團，背向天狗，動也不動。

坐在它前面的獨臂天狗也坐定不動。

這種緊繃的對峙，已經維持了一個多時辰。

昌浩坐在矮桌前，弓起雙膝，托住下巴，盯著它們。端正跪坐的颯峰打破沉默說：

「你沒什麼好辦法嗎？」

「對不起，沒有。要看小怪的意願，而且以我們之間的關係，我也不能對它下命令。」

沉默不語的伊吹終於忍不住開口說：

「沒辦法，既然這樣，只好來硬的。」

小怪猛然移動身體，閃過伸向它的手。

「我說不去就不去。」

說完就以迅雷不及掩耳的速度拉開木門，衝到外廊上。

昌浩嘆口氣說：

「它就是這樣，你們還是死心吧！」

但兩名天狗還是不放棄。

「辦不到。」

「這可是我們總領大人的命令。」

看著摩拳擦掌的天狗們，昌浩又嘆了一口氣。

小怪敏捷地鑽入生人勿近的森林裡，板著臉碎碎唸著。

「真是的，開什麼玩笑嘛！煩死人了。」

用前腳憤然撥開擋路的雜草的它，被一隻手撈到手掌上。

「騰蛇，要我說幾次呢？走得這麼辛苦，幹嘛不恢復原貌？」

「怎麼可以被區區的雜草打敗呢？」小怪面對看不下去的勾陣，說得鏗鏘有力，然後皺起了眉頭。「妳來得正好，勾陣，武器借我。」

「又來了？」

勾陣把小怪放在開闊的地方，拔起腰間的筆架叉交給小怪。

直立的小怪用兩隻前腳靈活地握住劍柄，揮了幾下。

「嗯……」

坐在岩石上的天空看到小怪若有所思地低吟著，訝異地問：

「騰蛇，你看起來很浮躁，怎麼了？」

小怪停下揮舞筆架叉的動作，表情苦澀到不能再苦了。

「說出來嚇死你們，愛宕天狗族的總領說要請我們去天狗鄉。」

天空挑動眉毛，勾陣難以相信地問：

「我們？」

「對。」小怪轉向勾陣，舉起一隻手指著她說：「妳、我跟白虎。」

勾陣也驚訝得瞠目結舌。

天空問怎麼回事？小怪板著臉說明。

把疾風的異教法術轉移到替身後，轉眼過了兩天。

昌浩終於回到比較平靜的日子。還剩兩天的凶日假，他趕緊趁這兩天的空閒努力練字。

差不多可以寫回信了。他已經答應再三催逼的烏鴉，明天早上就會寫好，在一旁聽著他們對話的小怪微微笑著。

以初冬來說，這天的天氣算是溫暖，他們剛拉起板窗通風，就看到兩名天狗往這裡飛了過來。

昌浩正想知道疾風的狀況，於是開心地迎接它們進來，沒想到天狗們的目標是十二神將。

總領天狗颶嵐說，想見見前幾天阻止天狗群起攻擊京城的神將。

颯峰和伊吹帶來這個訊息，它們說被重重保護的總領幾乎從不離開異境，所以要麻煩他們走一趟。

小怪回說：「我不去。」

想見我們就自己來呀！憑什麼要我們去給它見？

神將們並不想見總領天狗，要他們聽從天狗的安排，教他們怎能不生氣。

「拒絕就好了啊。」

勾陣說，幹嘛氣成這樣？小怪露出齜牙咧嘴的表情。

「結果妳知道那個滑頭的天狗怎麼說嗎？」

「怎麼說？」

勾陣猜不出來，直接問它。

小怪緊緊握住筆架叉的劍柄。

——老實說，颶嵐大人不能動，你要負責。

這句話說得太莫名其妙了，小怪一時不知道怎麼回答，伊吹又悠悠地接著說：

「據我所知，颶嵐大人當時是跟你單打獨鬥。他太擔心疾風公子，過度操煩，又在戰場受了傷，把他整慘了。

「不要誤會，我不是在責怪你。這就是戰爭。身為愛宕總領的颶嵐大人不但說不恨你，還說想再見見把它逼到無路可退的強勁對手。你應該知道吧？神將騰蛇大人，颶嵐大人是多佩服你，多麼誠心誠意在邀請你。」

「哼……根本是它們自己來找碴、自己發動攻擊、自己受傷的！什麼佩服、什麼誠心誠意嘛！如果真是那樣，就自己來見我們啊！」

小怪奮力揮動筆架叉，又吼又叫。天空苦笑著安慰它：

「沒什麼不好啊！你就去見見天狗的總領嘛，可以成為話題。」

「沒錯，晴明應該會喜歡聽。」

天空和勾陣跟氣呼呼的小怪相反，都不排斥這件事。

小怪狠狠瞪著同袍們說：

「當時你們都不在場，才可以說得這麼輕鬆！那個叫飄舞的天狗簡直難纏到極點！」

這時候，神將朱雀出現了。

「伊吹它們說會再來，先回去了。」

「是哦？」

終於走了，啊，爽快多了。

把筆架叉扛在肩上的小怪這麼想，朱雀卻轉達給它更震撼的話。

「可是昌浩被伊吹它們死纏爛打，只好答應它們會說服你。」

「蛤?!」

小怪張大嘴巴，差點把筆架叉掉在地上。勾陣的臉往下沉，她可不想看到借出去的武器被那樣糟蹋。

慌忙把武器重新拿好的小怪氣得大罵開什麼玩笑嘛，可是既然對妖魔許下了承諾，就收不回來了。

「可……惡……！」

小怪暗自悔恨離開了現場。朱雀在它旁邊蹲下來說：

「它邀請你們去，也只會招待你們幾個時辰吧？你可以去見見它，馬上就回來啊！」

說完後，朱雀注意到小怪手中的武器。

「你還是覺得有問題？」

小怪看著同樣是火將的朱雀，眼眸之中閃過厲光。

「沒錯。」

朱雀滿臉嚴肅地點著頭說：

「有我陪在昌浩身旁，不用擔心。」

小怪瞇起眼睛，心不甘情不願地嘆了一口氣。

快半夜時，天狗們又來了。

小怪和勾陣接受天狗的邀請，出發前往愛宕。

臨走前，他們說最晚早上就會回來。昌浩目送他們離去後，坐在矮桌前，準備磨墨。

滴了幾滴水後，昌浩開始磨墨，嵬喀喀走到他旁邊。

「哦，終於開始了。」

昌浩苦笑著說：

「是啊，先練十張再寫。」

那也沒關係，等他練完，就可以開始寫回信了。

「嗯、嗯，非常好。」

烏鴉滿意地點著頭，昌浩啞然失笑。

把神將從人界帶來異界的伊吹用獨臂咚咚敲著肩膀，在庭院漫步。

雛鳥的身體還不能說已經復元。

送神將們回去時，要問問昌浩有沒有什麼辦法。

想著這些事的伊吹，發現有同胞站在樹蔭下。

「咦？是飄舞啊，你在那裡想什麼？」

雖說是同胞，帶著面具還是看不出表情。

「我在想……接下來會怎麼樣。」

「是啊。」伊吹頻頻點頭，心想飄舞果然還是擔心疾風。「還不能掉以輕心，但是，我覺得那個陰陽師一定可以幫我們開出一條路。」

沒錯，就像它們祭祀的猿田彥大神那樣。

「所以你不用擔心，疾風公子一定有救。」

伊吹看時間差不多了，打算去見颶嵐大人。它也很有興趣知道，神將們見到颶嵐大人是什麼表情。

「我可不想靠他救……」

獨臂天狗張大眼睛回頭看它。

後記

各位，好久不見，近來過得如何呢？我是結城光流。

《少年陰陽師》的「颯峰篇」第二集，又名「愛宕天狗物語」。沒有啦，只是開開玩笑，可是又覺得不能斷然說是玩笑。

先來看看例行的排名吧！

第一名，投來投去還是主角安倍昌浩。

第二名，不愧是十二神將最強的火將騰蛇。

第三名，果然不能小覷的吉祥物小怪。

接下來依序是玄武、六合、勾陣、朱雀、太裳、冥官、爺爺、颯峰、敏次、青龍、益荒、嵬、行成家的公子、年輕晴明、小妖們、太陰、結城。

我通常是以寫後記的時間點為區隔線，從那之後開始計算排名票數。這次，看到第一封信就寫著「給冥官一票」的幾個大字，算是見識到了他的高人氣。

他的光芒大有可能蓋過昌浩，責編也特別交代過，所以我儘可能不讓他出現。如果要替他取個代號，非「Tempest」（暴風雨）莫屬。在主篇故事裡，他只會在關鍵時刻出現，不足的部分，就在統統有獎或車之輔的地方補足。

基本上，排名投票是讀者的來信一封一票。光寫「我喜歡××」，無法確定要不要參加排名投票，所以想參加投票的人，若能清清楚楚寫上「我投××一票」，就是幫我一個大忙。請注意，如果寫「我投紅蓮、朱雀、晴明各一票」，就是無效票哦！至於寫「這是幫我朋友投的」，都會算進去，請放心。

這次在最後衝刺時，朱雀和太裳的票一舉往上飆，但跟前六名還是有段差距。

這本書出版後，排名會產生怎麼樣的變動呢？我真的很想知道。

十月一日要出版的後記，大約是在八月底寫的。

我的生日是八月二十二日，在開始寫後記之前，就從編輯部轉來了很多信，收到許許多多的祝福和誠摯的禮物，真的很感謝。

對作家來說，來自讀者的直接感想是無上的原動力，所以即使中暑到快變成死屍，我也會在全身貼滿降溫貼布，硬撐著爬起來，嘎答嘎答敲鍵盤。

因為去年發生過那種事，所以今年很早就收到很多溫暖的來信，寫著「身體狀況還好嗎？」、「請小心不要中暑」、「很希望看到老師寫的書，但最重要的還是老師的身體」、「身體是資本，請千萬不要過勞」等等，害大家這麼擔心，我真的真的非常過意

不去。

經過去年的反省，初夏時我就先買好了降溫貼布、備好足夠的運動飲料，做好萬全的準備，嚴陣以待。

來吧，夏天！今年絕對不會輸給你！

可能是因為準備到不能再周全，所以過得比去年健康多了。

直到前幾天，起居室的冷氣壞掉了。

H部：「咦咦咦咦?!還好嗎？」

光流：「呵呵呵，室溫沒低過三十度。」

工作房間裡只有電腦桌，所以校稿、構圖大綱、資料或設定的彙整、靠筆記本電腦書寫的短文章等等，全都在起居室進行。

在這之前，都過得平安無事，卻在一天之內，幾乎被頭痛、發熱和倦怠感擊倒。可惡，居然在這種時候出現伏兵……！

更不巧的是，冷氣要一個禮拜多才能修好，某天的天氣預報卻給了我致命的一擊。

「這幾天的天氣都很涼爽，但從明天開始，會恢復久違的夏日炎熱。」

等等，夏天，等等啊，夏天，你就不必回來了！快改變主意，現在還來得及，就這樣美美地離開吧！戀戀不捨的話，會被討厭哦，快乾脆地離去，快啊！

第二天，那傢伙翩然回來了。幹嘛回來嘛……（泣）

到這種地步，不禁想把夏天的炎熱當成主角，來寫寫長篇愛情小說。

冬天期間，人人都引頸期盼夏天的到來，卻因為夏天過於熱情，人們漸漸厭倦了夏天的熱度。失意的夏天，不知道自己為什麼會被人們如此苛責。追根究柢，希望變熱的不就是人們嗎（但人們絕不希望暖化之類的）？這些人實在太自私、太傲慢了。啊，然而，節氣不變，夏天就不能離開，夏天也詛咒自己這樣的命運……！人們啊，詛咒陽光吧、詛咒火辣辣照耀的灼熱吧！連拂過地面的風都帶著熱氣，徹徹底底折磨著人們。啊，是的，無限攀升的氣溫會消磨人們的力氣，使人們為雞毛蒜皮小事心浮氣躁，成為紛爭的導火線。要知道，這就是夏天的復仇！

以影像來說，就是把聚光燈打在全黑的舞台上，夏天跪在舞台上，仰面朝天，攤開雙手，擠出椎心泣血的台詞。這時候，不准在雞蛋裡挑骨頭，問我為什麼跪在那裡的不是季節而是人類模樣的夏天。

要寫成愛情故事，最適合演對手戲的是，不管夏天怎麼追求也絕對不能有肌膚之親的冬霜。那是伸出手就會融化消失，只能遙遠思念的悲哀。啊，如果可以碰觸她的肌膚、擁抱她冰冷的肢體，我就毫無遺憾了，哪怕是一次也好。可是這麼做的話，她就會死去。詛咒這樣的我吧。我要她用冰冷的眼神射穿我，讓我墜入甜蜜的死亡。我要她用美麗的聲音說出拒絕的話，讓我放棄不可能的希望，打開通往冥府的門，爬下延伸到深淵黑暗的梯子——

書名取為《可望不可即的倩影啊～某男人的悲哀～》。

呼，心情稍微好一點了。寫完後，不禁覺得對炎熱的抱怨好像寫不成什麼高尚的文學。

咦，是我想太多嗎？是嗎？應該是吧。

老是抱怨好熱、好熱，也沒什麼建設性，我決定積極一點，順便轉換一下心情。

我開始做以前就想做的事、去以前就想去的地方、去見以前就想見的人。

關在狹窄的房間裡，心情會愈來愈鬱悶。做想做的事，忙得到處轉，就沒有時間鬱悶了。

我開始做什麼事呢？那就是上駕訓班，準備考駕照。而且不是自排，而是手排。被離合器整得很慘，但我不屈不撓，前幾天通過了臨時駕照檢定，很期待路考。

在練習中，我體驗過晴天、陰天、白天、傍晚、夜間、雷雨和颱風等非常多變的天氣，真的是很值得感謝的練習。

我說我體驗了所有天氣，教練回我說：

「沒有，還沒體驗過雪。」

啊，對哦，霧、雪雹和雪霰也都還沒體驗過。

常有人問我為什麼選擇手排。因為限定自排的話，就不能開手排車，若選擇手排就也能開自排車。我覺得多學些東西，說不定以後會派上用場，譬如在寫其他故事時，可能寫到開車的人。而且去交通不方便的地方採訪，可以租車的話，行動會輕鬆許多。

我現在學得很認真，也有不少人是去學二輪。在現代版，紅蓮是騎二輪的人。嗯，二輪啊……題外話，四輪不適合紅蓮的個性，所以我也不是不能理解改成二輪的心情。不過，我覺得他總有一天會迫不得已選擇四輪。如果哪天在哪裡寫到這種題材，一定可以寫得活靈活現（笑）。

來了來了，TSUBASA文庫版的《少年陰陽師》第一集《異邦的妖影》，終於要在十月十五日出版了。

我先看過了ASAGI老師重新畫過的封面，完全著迷了。現在重畫第一集的封面，的確會呈現變成這樣——昌浩、小怪、紅蓮、鮮豔的深紅。這三人特寫的形象色彩，就是深紅。

有人來信說「我是聽媽媽推薦才開始看的」，所以我建議媽媽給孩子們看TSUBAS

文庫版，聽說所有的漢字都有附上平假名。

「颯峰篇」第二集，大家覺得如何呢？

請務必來信告訴我感想。

對了，有人寫信來問我，「疾風」應該是讀成「HAYATE」吧？答案是也讀成「HAYACHI」。對字的意思和讀音有疑問時，可以查字典。用來當成名字的漢字，翻閱漢和辭典，說不定會有新的發現哦！多查幾次，知道的東西就會愈來愈多，這也是一種樂趣。我還想學會更多東西，所謂學海無涯是真的呢！

紅茶中，我喜歡Bewliy's的Irish Afternoon、MARIAGES FRERES的EARL GREY SILVER TIPS。還有北海道的「薰衣草紅茶」，裝在圓圓的罐子裡，沒有澀味，口感順暢，散發著清爽的薰衣草香，自從有讀者送給我後，我就愛上了這種茶。對於正在減肥、又很喜歡巧克力的人，我推薦巧克力茶，飄散著甜甜的巧克力香味，喝下去卻是紅茶，心情有點複雜（笑）。至於奶茶，我推薦楓葉茶。

在這本書的封面，難得看到了朱雀，還有天狗們。

很少有火將的組合。在我寫後記前，有封信來得真是時候，信上說「好想看這樣的組合」，沒想到就應和了這樣的要求。

對於期待我回信的人，我深感抱歉，實在找不出時間寫信。因為沒辦法回信，所以請不要再寄八十圓的郵票來了。

由衷希望各位可以把新刊、新作當成我的回信。若不是大家來信告訴我感想、給我加油，我真的不可能孜孜不倦地寫到現在。

期待下一本書再見了。

結城光流

日本TV動畫化！銷量衝破四百萬本！

《少年陰陽師》全系列小說
超人氣熱賣中！

【窮奇篇】少年陰陽師決鬥異邦大妖魔！

壹・異邦的妖影／貳・黑暗的呪縛
叁・鏡子的牢籠

少年陰陽師安倍昌浩和夥伴小怪聯手
斬妖除魔，踏上不平凡的修行成長路！

【風音篇】靈力超女掀起驚濤駭浪！

肆・災禍之鎖／伍・雪花之夢
陸・黃泉之風／柒・火焰之刃

打敗了大陰陽師安倍晴明和十二神將，
靈力超凡之神祕女人現身！

【天狐篇】安倍家族天狐血脈大揭密！

玖・真紅之空／拾・光之導引
拾壹・冥夜之帳／拾貳・羅剎之腕
拾叁・虛無之命

原來，安倍昌浩承接了最危險的天狐之血，
一旦爆發，將會毀了全世界！

【珂神篇】安倍昌浩力拚邪惡大蛇！

拾伍・蒼古之魂／拾陸・玄妙之絆
拾柒・真相之聲／拾捌・嘆息之雨
貳拾・無盡之誓

在神之國，安倍昌浩面臨了艱難的抉擇：
該選擇正義？還是聽從陰陽師的直覺？

【玉依篇】真正的敵人其實在自己心裡！

貳拾貳・無懼之心／貳拾叁・憂愁之波
貳拾肆・寂靜之瞬／貳拾伍・失迷之途
貳拾陸・彼方之敵

京城突然出現了瘋狂咆哮的金色大龍！
這一切跟昌浩藏在心中的傷痛有關……

【颯峰篇】全新冒險來襲！

貳拾柒・狂風之劍

出道才滿一年的昌浩又遇到了大麻煩！
風波不斷的職業生涯，這回竟被天狗大王當成頭號通緝犯?!

是誰這麼厲害？連安倍晴明和十二神將都怕他！

雙面冥官小野篁傳奇
《篁破幻草子》系列陸續出版！

腰佩神刀「狹霧丸」、手拿魔弓「破軍」，
雙面冥官小野篁傳奇登場！

壹 仇野之魂

平安京每到晚上，就有一名妖豔女子和一群餓鬼四處襲擊貴族。要不是有個全身漆黑、神祕敏捷的「鬼」適時相助，受害者早就沒命了！為了保護京城，少將橘融也加入了夜巡，果然遇見了妖女和餓鬼！當他以為自己死定了時，傳說中的「鬼」真的出現了，並且消滅所有餓鬼！然而，他萬萬沒想到這個「鬼」，竟然就是從小一起長大的麻吉小野篁……

他可以決斷生死、消滅妖物，
但是，他殺得了真正的「神」嗎？!

貳 狂神覺醒

被囚禁於仇野數十年的朱焰，封印竟然被小野篁解開了！為了完成稱霸人間的黑暗計畫，朱焰喚醒了對皇室心懷強烈怨念的「狂神」，製造災禍病亂。狂神釋放出的強烈邪氣四處擴散，眼看不祥的命運就要波及皇上，甚至連篁最愛的妹妹楓都有危險……如今，只有鎮守人世與冥界之間唯一通道的第一冥官——小野篁，才能負起拯救京城、肅清邪魔的重責大任了！

如果我願意永生永世當冥官，
你可以給我多大的回報？

叁 幽深宿命

北斗七星中的「破軍」是虛假、狡猾和兇暴的象徵，「冥官」小野篁的宿命之星正是破軍。惡鬼朱焰也是。但他甦醒後，只恢復了一半的力量，唯有得到篁的魂魄，才能擁有最強的破壞力！想要奪取小野篁的靈魂，必須先徹底毀了篁，而要這麼做很簡單，只要從他身邊最重要的「文曲星」和「廉貞星」下手……

就算逆天而行，
我也要永世守護妳！

肆 六道鬼泣

篁好不容易救回了換帖好友融，然而惡鬼朱焰卻還不肯罷休，就是要取得楓的靈魂！在疲於奔命的篁面前，出現了謎樣的少女生靈，這名少女有著純潔又強大的靈力，就連井上也想得到她。當朱焰步步逼近，楓的生命也越來越虛弱，為了守護楓的未來，篁發誓要永遠消滅朱焰……

國家圖書館出版品預行編目資料

少年陰陽師.貳拾捌.真心之願 / 結城光流著 ; 涂愫芸譯. -- 初版. -- 臺北市 : 皇冠, 2012. 7[民101].
面; 公分. --(皇冠叢書; 第4236種) (少年陰陽師; 28)
譯自 : 少年陰陽師28 祈りの糸をより結べ
ISBN 978-957-33-2914-5(平裝)

861.57 101010752

皇冠叢書第4236種

少年陰陽師 28

少年陰陽師——
真心之願

少年陰陽師28
祈りの糸をより結べ

作　　者—結城光流
譯　　者—涂愫芸
發 行 人—平雲
出版發行—皇冠文化出版有限公司
台北市敦化北路120巷50號
電話◎02-27168888
郵撥帳號◎15261516號
皇冠出版社(香港)有限公司
香港上環文咸東街50號寶恒商業中心
23樓2301-3室
電話◎2529-1778　傳真◎2527-0904
責任主編—盧春旭
責任編輯—丁慧瑋
美術設計—王瓊瑤
著作完成日期—2009年
初版一刷日期—2012年7月

法律顧問—王惠光律師

讀者服務傳真專線◎02-27150507
電腦編號◎501028
ISBN◎978-957-33-2914-5
Printed in Taiwan
本書特價◎新台幣199元/港幣67元